교룡蛟龍

교룡

초판 1쇄 발행 2022년 3월 15일

지은이 표성흠
펴낸이 강수걸
기획실장 이수현
편집장 권경옥
편집 신지은 오해은 강나래
디자인 권문경 조은비
펴낸곳 산지니
등록 2005년 2월 7일 제333-3370000251002005000001호
주소 부산시 해운대구 수영강변대로 140 BCC 613호
전화 051-504-7070 | 팩스 051-507-7543
홈페이지 www.sanzinibook.com
전자우편 sanzini@sanzinibook.com
블로그 sanzinibook.tistory.com

ISBN 979-11-6861-021-7 03810

표성흠 장편소설

교룡 蛟龍

삼의당·담락당의 운명적 만남

산지니

차례

1
월인천강지곡

잔치는 끝났다.

그러나 후렴잔치라는 것도 있다.

"이모, 나는 시집 같은 건 안 가. 울 엄니가 용꿈 꾸고 날 낳았다면서요? 그래서 사내자식인 줄 알았다면서요?"

마당 가에 가마솥 뚜껑을 뒤집어 걸고 돼지비계를 둘러 지글지글 끓는 그 기름으로 전을 부치고 있던 삼례가 뭣 때문에 심기가 틀어졌는지 눈물을 찔끔거리며 구시렁대고 있다. 연기 때문만은 아니다. 아마도 한 방 거처하던 언니를 떠나보낸 정한의 설움이 복받쳐 올라서 하는 짓일 테다.

"그래? 어디 두고 보자. 얌전한 강아지가 부뚜막엔 먼저 올라간다더라."

"이모는 참, 내 말이 그렇게 실없게 들려요?"

삼례는 허튼소리 안 한다며 절대절대 시집 같은 건 안 간다 한다. 딸 부잣집 셋째로 낳아 헌신짝처럼 길러놓고, 그것도 모자라 이렇게 매운 연기 나는 아궁이 앞에 세워 궂은일 다 시켜 먹는 어머닐 두고 어디로 어떻게 떠날 것이냐, 위로 두 언니는 일찌감치 시집가기 잘했다 한다.

"언니들이야 고생 면했지. 이 지긋지긋한 서봉방 신세 벗어났으니 그게 어디야?"

"서봉방이 어때서? 이만한 동네도 없다야."

"서봉방이 뭐가 좋아? 찌질이들만 모여 사는 동네…."

"그런 소리 말거라 야. 그래도 야, 샘물 좋고 남원성에다가 광한루 훤히 내려다보이고…."

전망 좋은 동네라는 이모다.

"그깟 허물어진 성터 내려다보면 뭐 해, 인간 같은 인간들이 없는데."

삼례는 계속 불만이다.

"쟤가 오늘 뭘 잘못 먹었나? 날궂이를 하나?"

삼례는 이모 특골댁의 말을 들은 체도 안 하고, 아궁이 안으로 솔가지를 툭툭 분질러 넣는다. 솔가지에 붙은 마른 솔잎에서 불똥이 튀어 오른다.

"그렇게 불이 싸면 무전 다 눌어붙는다."

"눌어붙으면 어때, 나 먹을 것도 아닌데."

"계속 심술이네? 그 샘통이 어디서 나온 걸까? 너도 시집가고 싶어 안달이 나서 그러냐? 너 새기는 총각 있다며?"

"시집은? 난 시집 같은 건 절대, 절대로 안 간다니까."

삼례는 '시집 보내준다'는 소리에 금세 또 샐쭉했던 표정을 고쳐, 언니 신행길을 마중하고 돌아오면서 쓴 시가 하나 있다며,

"이모, 내 시 한번 들어볼래요?"

한다.

"계집애가 시집은 안 간다며 시는 또 뭣이다, 냐?"

"이모는 몰라서 그래요. 이모는 시 쓰는 재미 모르잖아요? 하기야, 언문도 모르면서 시를 어찌 알겠어?"

"너는 알고? 저도 모르는 글을 누구더러 아냐 모르냐, 야?"

"내가 왜 글을 몰라? 삼례 이래 뵈도 제자백가를 다 읽은 터수라네요."

"계집애가 그깟 글은 알아 뭐 해? 여자는 자고로 남자를 잘 만나야 혀, 그뿐이야. 오죽하면 여자 팔자 뒤웅박 팔자라 하겠냐? 그런데 너, 숨겨놓은 사나 자슥 있다믄서?"

시건 뭐건, 글이건 뭐건 그런 건 다 집어치우고 부지런히 혼수 장만할 돈 모아 시집갈 꿈이나 잘 꾸라는 이모 특골댁이다. '니 언니 저렇게 가마 타고 시집가는 게 눈에 보이지도 않냐?' 저 정도 시집을 가려면 미모 단장은 물론이려니와 음식 솜씨며 바느질 솜씨부터 착실하게 익혀두어야 한다는 이모다. 뭐니 뭐니 해도 여자는 살림 솜씨가 있어야 하고 그다음이 학식이다. 그에 앞서 지금 이 집에서 당장 필요한 건 '언

니 혼사 비용 때문에 진 빚이며, 네 혼수 장만할 돈'이라는 것이다.

특골댁이 한창 삼례에게 훈계를 하고 있는데 동네 사람들이 하나둘 모여든다. 이웃집 경사에 부조를 하기 위해 들고 오는 간장이며 국수, 술병이 들려 있는 노인들도 있었지만 젊은 아낙들은 대개가 빈손이다. 며느리들은 시어머니를 앞세워 빈손으로 들어오는 처지인지라 남의 집 혼사 후렴잔치에 초대된 손님들치고는 너무 초라한 행색들이다.

이게 서봉방이라는 동네 모습이다. 남원부에서도 서북쪽 끄트머리 교룡산 아래 비탈 동네다.

"차라리 그냥들 오시지."

시원찮은 부조 물품을 보고 하는 이모의 말이다. 이모네 시댁은 잘사는 양반 집안이다. 잘사는 동네라 경조사가 있을 때 들어오는 부좃돈만 해도 그날 잡는 돼짓값은 나오고도 남는다. 그런데 이게 뭐냐, 하나 마나 받으나 마나 한 부조 물품이다. 와서 먹고 가는 반 푼어치도 안 되는 것들이다.

"아이고 우리 언니 박복도 하시지."

이번에는 이모가 혼자 구시렁거렸고, 그러한 이모의 뒤통수를 가하는 삼례다.

"사람이 어디 돈만 가지고 산대나?"

삼례에게 속내를 들킨 특골댁이 혀를 내두른다.

"저런 영민한 년이 도대체 누구 속으로 태어났을까이? 저

10

게 사내꼬투리가 되었더라면 출세를 해 남원 땅을 울리고도 남았을 텐데."

위로 사내 둘은 죽고 뒤늦게 딸 셋을 낳고 망단을 한 네 엄니가 불쌍하다는 이모다. 이모가 할 수 있는 최대의 저주요 한탄이요 자기 위로다. 벌써 한두 번 들은 말이 아니라 익숙해졌지만 그게 어디 내 탓인가? 이모가 그럴수록 삼례는 시큰둥하다.

"산적 부치는 일은 나 혼자 해도 되니 이모는 들어가 손님 접대나 하시오이? 남의 집 귀한 딸 욕 그만하시고."

"이게 욕으로 들리는가? 그래, 말이 나왔으니 하는 말인데 내 마지막으로 한마디만 더 하자."

"하시오. 얼마든지."

"그래, 이례 시집갔고 이제 삼례 너만 남았는데, 너 가고 나면 이 빈집 누가 지킬꼬?"

"집 지킬 사람 없어 걱정이요? 그럼 내가 지키지. 이 집만 준다면야, 집 지키는 게 그리 어려울깝쇼?"

"지집애가 못 하는 소리가 없어. 이 집을 준다 한들 누가 처가살이 한대? 겉보리 서 말만 있어도 처가살이 안 한다는데 어떤 멍청이가 처가살이를 해? 골골대는 장인 영감에…. 그것도 너 같은 말괄량이를 따라 들어와 살 놈이 어디 있을 건데?"

"없긴 왜 없어? 나 좋아하는 사내놈들이 줄을 섰구만."

삼례는 우쭐하는 바람에 괜한 말을 했다 싶었지만, 눈치 구단인 이모가 이 말을 흘려들을 리가 없다.

"그렇지? 너 시집 안 간다는 말 빈말이제? 너 좋아한다는 사내놈 있제?"

"사내놈이라니, 이모는 참…, 장차 사위 될 사람을 두고 사내놈이라니?"

삼례는 연거푸 쏘아대다가 어조를 바꾼다.

"걱정 마셔요. 내 할 일은 내가 알아서 할 터이니. 엄니 외롭다면 사내놈 데리고 들어와 살면 될 것이요, 엄니 싫다면 나가 살면 될 것이지만…. 언니처럼 저렇게 집구석 거덜내고 가지는 않을 것이요."

삼례는 위로 두 언니들 혼사 치르느라 진 빚 걱정을 먼저 하고 있었다. 참으로 현실적이라 영악하기까지 하다.

"저런 게 시집가면 잘사느니."

특골댁이 혼잣말로 삼례의 앞길을 축수한다.

둘 사이는 이렇다. 삼례는 오히려 어머니 특골댁보다 이모 특골댁과 더 속마음을 터놓고 지내는 사이다. 이례 혼례식 보러 온 지가 벌써 며칠 되었는데 띄엄띄엄 먼 데서 오는 친인척 손님들 뒤치다꺼리 때문에 집에도 못 가고 있는 이모다. 쉴 새 없이 만들어내야 하는 손님상 차림에도 불구하고 그 틈새에 시를 썼다고 기염을 토하는 삼례다. 지금까지는 그래도 갓 쓰고 들이닥치는 손님들을 위해 독상을 차려 내야 했지만 오늘은 동네 후렴잔치라 두렛상이면 된다. 그러니 콧노래가 나오는 삼례다. 그런데 삼례와 이모 특골댁, 이 둘 사이를 비집고 드는 또 한 사람이 있다.

"도대체 여자가 무슨 시를 썼다 그러네?"

언제 들었는지 오락당 아주머니가 끼어든다. 대소사 큰일이 있으면 서로 내 집같이 돌봐주는 흉허물 없는 사이라 신경 쓰지 않아도 되겠건만 오락당 아주머니의 이 말에 귀가 곤두서는 삼례다. 오락당 아주머니라는 호칭은 이름 붙이기를 좋아하는 삼례가 붙인 별호다. 아주머니는 아들 다섯이 있는데 그 이름들이 일락당에서부터 이락당, 삼락당…, 오락당까지 순서대로다. 저들을 본받았든지 어쨌든지 삼례네도 딸 셋의 이름을 일례, 이례, 삼례 순서대로 붙여나갔다. 때문에 어른들끼리는 따로 택호를 부르지 않고 '오락당네' 또는 '삼례네'라는 별칭으로 부르는 무간한 사이다.

"시를 썼거든 한번 읊어나 봐라."

이제 원근 각지 일가친척 손님치레 다 하였고 동네 아녀자들만 불러 모아 남은 음식 먹어 치우는 후렴잔치이니까 노래가 안 나올 수 있겠느냐, 주인 없는 잔치 없다고 주인장이 먼저 노래를 하는 것도 괜찮을 거란 오락당 아주머니였다.

"그래 한번 해봐라. 삼례 창 들어본 지 오래다."

입을 벌려도 잘못 벌렸다. 하필이면 오락당 아주머니께 이런 모습을 들켰으니 이를 어쩌나. 어쩌면 시어머니가 될지도 모르는 사람 앞에서.

'입이 방정을 떨어 곤란 지경에 빠졌구나.'

삼례가 후회를 하고 있는데,

"우리 삼례가 창이라면 또 명창 아이가?"

"그래, 그래 한 대목 뽑아봐라. 삼례 목소리 안 들어본 지
오래됐다."

여기저기서 부추기는 동네 아주머니들 소리가 들려온다.

이미 한 동네에서 십수 년을 같이 치대고 살아온 동네 아
낙들이다. 누구네 집 살강에 숟가락이 몇 개인지를 훤히 꿰
고 있듯, 너나없이 삼례의 창 솜씨를 익히 알고 있는 터수다.
어릴 때부터 동네 잔치마당에 나서면 그 낭랑하고도 가녀린
미성으로 어른들의 귀염을 독차지했던 창 솜씨다.

'왜 하필이면 이런 때에?'

그것도 다른 사람 아닌 오락당 아주머니가 창을 하라 시
킬 것인가? 오락당네는 위로 두 아들을 장가보내고 다음이
삼락당 차례다. 삼례네도 마찬가지로 위로 두 언니 이례까지
혼사를 마쳤으니 이제 삼례 차례다. 동네 사람들이라면 이
둘의 사이를 다 알고 있다. 삼락당은 삼례와 생일이 같다. 그
것도 한날한시 한동네에서 태어난 기이한 사주팔자를 타고
났다. 이걸 운명적 만남이라 생각하고 있던 삼례로서는, 오
락당 아주머니가 노래를 시키는 것이 마음에 걸린다. 한 마
디로 자신을 며느릿감으로 생각하고 있지 않다는 것일 테다.

자신을 며느릿감으로 생각하고 있었다면 이런 날, 이런 자리에서 재롱을 부리란 청을 넣지는 않았을 것이다.

그러나 삼례는 동네 사람들 앞에 쓰윽 나서며,

"이날 언니가 시집을 가는데…."

운자를 떼면서 소매 끝을 추켜올리는 춤사위 시늉을 내어 시를 읊기 시작한다. 참으로 진귀한 광경이다. 고래 등걸 같은 부잣집이나 광한루 같은 관아에서 원님이나 즐기는 기생 춤이라면 또 모를까 이런 빈촌의 반가에서는 있을 수 없는 풍광이다.

저 동쪽 정원을 바라보니

복사꽃이 아름답게 피었네

시집가는 우리 언니

훌륭한 수레 타고 가네

저 멀리 성 남쪽으로

가는 길 아득히 뻗쳐 있네

함께 갈 수 없으니

내 마음 타는 듯 서글프네

"얼쑤, 잘한다."

그런데 박수갈채를 받았다. 뜻밖에도 박수는 사립문 너머 한길 가에서 쏟아져 나온 것으로, 손뼉을 친 장본인은 삼락당이다. 남녀가 유별하라고 가르치고, 남녀칠세부동석이라 가르치고 배우는 세상에 처녀가 자작시를 창하는데 총각이 박수를 치고 있다니, 이게 또 무슨 장난인가.

'삼락당이 언제 돌아왔지?'

과거를 본다고 한양으로 올라갔던 삼락당이다. 초시에 합격하고도 그다음 일은 나몰라라 하던 삼락당을 억지로 등떠밀어 한양으로 올려보낸 것도 따지고 보면 사실 그의 부모형제나 친척들이 아니라 삼례 그 자신이었다. 그런데 여기와 이러고 있다니, '이 뭐고?' 기가 막힐 노릇이다. 과시를 또 포기했다는 이야기가 아닌가. 그런데도 반가움이 앞서는 삼례다. 동네 사람들 보는 앞에서 말은 못 하고 속이 타는 삼례는 살포시 웃음을 지어 보이는 것으로 인사를 대신한 다음, 다음 장을 계속 읊는다. 이번에는 제법 가락이 실리는 것이 절창에 가깝다.

저 시냇물 줄기 바라보니
가마가 나무를 건너가네
시집가는 우리 언니
좋은 아내 되겠지
저쪽 시댁 대문 앞에서
새 신부를 맞이하네
함께 가지 못한 내 마음

여자인 게 못내 한스럽네

아버지와 삼촌, 집안 어른들은 모두 언니 신행길에 동참해 떠났다. 여자가 시집을 가게 되면 첫 신행으로 신부 집 식구들과 친인척들이 신랑 집으로 초대를 받아 가 서로 인사를 나눈다. 신랑 집의 살림 정도도 파악하고 오가는 길도 익히고 사돈네들끼리 인사를 당기는 자리에는 남자들만이 참석이 가능하고 아녀자들은 갈 수가 없는 것이 불문율이다. 때로 잘사는 집안의 혼사에서는 신부가 데리고 살던 몸종이나 시종도 함께 데리고 가 살기도 해, 어린 남매라면 그 시종들 사이에 끼어 사돈댁을 몰래 둘러보고 오는 경우도 있지만, 그럴 형편도 못 되는 신행길이었다. 지금 삼례는 그 한스러운 처지를 노래하고 있는 것이다. 마지막 구절이 더욱 간장을 서늘하게 하는 구절이라, 이제 시가 아니라 아주 절창으로 변해버렸다.

저쪽 길게 펼쳐진 길 바라보니
흰 구름이 막 피어오르네
우리 언니 시집가느라
멀리 훌륭한 신랑 따라가네
저쪽 이별의 정자
십 리 길에 석양 노을이 깔렸네

17

먼지 이는 길 서글피 바라보니

내 마음 타는 듯하네

"가히 명창이로다."

삼락당이 마당 안으로 불쑥 걸어 들어와 '얼쑤' 하고 춤을 추는 시늉을 하며, 찬사를 아끼지 않는다. 아무리 작은 동네이고 모두들 한집같이 살아 흉허물 없는 처지라 하더라도, 그리고 수십 년을 한집같이 지내온 터수라 하더라도, 남녀가 유별한 세상에 이게 무슨 짓인가. 그것도 초립동이 같은 패랭이 갓을 삐딱하게 얹어 쓴 채 술이 한잔 되었는지 얼굴이 불콰한 채로 삐딱 걸음을 놓는 삼락당을 가로막는 오락당네다.

"이것아 여기가 어디라고 그런 행색으로 들어오냐?"

아들을 어서 물러가라고 윽박지르는 어머니를 밀치며,

"아, 엄니 왜 또 이러셔요. 이 모습이 어때서요? 경사스러운 날 저도 술 한 잔은 얻어 마시고 가야지요. 게다가 또⋯."

창까지 들었으니 화답 노래를 한 곡조 뽑아야 할 것이 아니냔 이야기를 하고 싶은데, 그는 그만 어머니 힘에 못 이겨 끌려 나간다. 어떤 경우라도 어머니를 이길 수는 없다. 절대로 그래서는 안 된다.

삼락당은 순순히 멱살 잡혀 집으로 돌아간다.

"이놈이 하라는 과거는 안 보고 또 중도폐하고 돌아온 모양이네."

아들을 집에 데려다주고 온 오락당의 푸념이다. 그나마 삼
례의 권유를 못 이겨 겨우 한양행을 결행했던 아들임을 잘
아는 오락당네는 이번에는 아예 삼례의 눈치를 살피기까지
한다.

"네가 그렇게 권유를 해 가는 척하더니, 그새 또 맘이 변해
가지고…."

할 말이 없다는 것이다. 그렇다면, 그런 마음이 있다면 아
까는 왜 노래를 하라 했던가. 사람들 앞에 세워 노래를 하라
한 그 말은 또 무엇인가. 아직도 어린애 취급을 하지 않고서
야 어찌 그런 일이 있을 수 있겠는가. 삼례는 오락당의 그 속
내를 알 수가 없다. 한말로 주책이다. 삼례는 속이 부글부글
끓어오른다.

"정승도 제 하기 싫으면 안 한다 안 합디야?"

이미 동네 사람들도 삼락당의 엉뚱한 짓거리를 잘 아는지
라 별일 아니라 한다. 그깟 벼슬 하면 어떻고 안 하면 어떠냐
는 것이다. 여기 이 동네 서봉방 사람치고 벼슬길 나간 자가
또 어디 있느냔 이야기다.

"그런데 개천에 용 난다고 우리 서봉방에서 용 한 마리 나
오시나 했는데 아쉽구만이라."

"용이 뭐 아무 데서나 나남?"

입을 비죽거리는 여편네도 있다.

"자, 잔칫집에 와서 남의 걱정들 말고 얼른 한 잔씩 들고 가더라고."

차린 건 없어도 먹을 건 있어야 하는데 하도 게걸스럽게 먹어대는 통에 준비한 두레상은 금세 거덜이 났다. 앞앞이 독상을 차려 내는 게 예의겠지만 어차피 예를 다 갖추지 못하는 형편의 몰락한 반가의 잔치라 서로가 이해를 하고 양해를 한다. 술도 모자라는 형편이었지만 더 청하지 않는다.

"변변히 차린 것도 없는데 이렇게 와주셔서 고맙습니다."

"아이고 별말씀을요."

먹을 것이 다 떨어지자 사람들은 떠나갔다. 서봉방 사람들은 설 추석 명절 때나 시제 때 겨우 한두 번 시장에서 사 온 육고기 맛을 보고, 1년에 한 번 나라에서 지내주는 천제단 제사 때나 제단에 올렸던 돼지머리를 얻어다 고기 맛을 볼 수 있는 형편들이다. 동네 경조사가 있다 해도 여간해서는 후렴잔치를 벌일 형편이 못 된다. 그러니 고기 먹고 이빨 쑤실 일은 없어도 돼지기름 두른 전이라도 부쳐 술 한잔 먹도록 해준 그 배려가 고마울 따름이다. 그러나 실컷 얻어먹고는 욕하는 사람들도 있다.

"그래도 양반 행세는 한답시고…."

없는 돈에 빚내어 잔치한다고 돌아가며 흉보는 사람도 있다. 입은 옆으로 터졌어도 할 말은 바로 하랬다고 할 짓은 하고 살아야 한다는 게 양반 부스러기들이라니 가소롭다는 것이다. 그나저나 이제 동네 사람들 불러 후렴잔치까지 끝냈으니 언니 혼사 문제는 다 끝난 셈이다. 벌써 해가 설핏 저물고 있다.

삼례는 서둘러 기름기 밴 앞치마를 벗어놓고 집 나갈 준비를 서두른다.

"너, 나 좀 보자."

집을 나가려는 딸을 불러 세우는 삼례 어머니 특골댁이다.

"왜요, 어머니?"

"이리 좀 와서 앉아봐라."

몰래 밖으로 나가려던 삼례는 주춤 멈춘다. 어머니가 이렇듯 조용조용 말할 때는 조심해야 된다. 반드시 무슨 일이 있기 때문이다.

"…."

삼례는 말없이 어머니 앞에 가 앉는다. 이모도 그 옆에 엄전스럽게 앉아 있는 것을 보니, 그 분위기로 봐서 둘이 짜도 단단히 짠 모양이다.

"너 무슨 일이 있는 건 아니지?"

드디어 올 것이 왔다는 생각이 머릿속을 스쳐 지나갔지만 겁날 것은 하나도 없었다. 따지고 보면 이런 분위기에서 이런 문책을 당할 짓을 한 것은 없기 때문이다. 이웃집 처녀총각이 흉허물 없이 지내다 보니 그렇게 된 걸, 그걸 가지고 닭

달을 할 필요는 없을 일이다. 어제오늘의 일도 아닌데 새삼스럽게 무슨 그런 일을 가지고 문초를 할 것인가. 18년 동안이나 한집안처럼 드나들던 사이가 아니던가.

"일이라니 무슨 일? 엄니는 딸이 무슨 망측한 이야기라도 하길 바라오?"

삼례가 이렇게 당차게 나오자 이모가 그 언니의 옆구리를 쿡쿡 찌르며,

"그 봐라, 내 아무 일 없을 거라 하지 않았나?"

하며 쓸데없는 상상 같은 건 하지 말라 한다.

"네 엄니가 딸을 보내고 나니까 너무 서운해서 하는 소리인 모양인 게, 묻는 말 고깝게 듣지 마라. 너도 나중에 딸자식 낳아 키워보면 어미 마음 알 거다."

"나는 딸자식 같은 건 안 낳을 거거든?"

삼례가 끝까지 뻔뻔스럽게 나오자, 이모가 애써 변명을 한다.

"너조차 빼앗기고 나면 어쩔까 싶어 하는 소리인기라."

그러면서 생각해주는 척, 은근히 다시 한번 더 떠보는 이모다.

"아까 그 총각하고 너들끼리 맺은 언약이라도 있나?"

"언약은 무슨 언약이요?"

"너조차 빼앗길까 봐 노심초사하는 마음 알겠제? 니 엄니는 그래서 하는 소리인 거라. 맘에 담아두지 마라."

이모는 딸 시집보내고 허전해서 하는 소리라면서도 재차
다짐한다.

"집안에 큰 혼사 치르고 삼 년은 지나야 다음 혼사 준비된
다. 아무리 부잣집이라도 한꺼번에 큰일 두 번 치를 수 없고,
아무런 혼수 준비 없이 딸 시집보낼 수 없는 부모 입장도 잘
생각해라."

집안 형편 생각해서 속도 조절하라는 이야기겠다.

"누가 뭐 낼모레 시집을 간대나?"

삼례는 한바탕 심통을 부려놓고는 미안하다.

"난 시집 같은 거 안 갈 거니 걱정 말아요. 이렇게 좋은 이
모 있지, 딸 시집 갈까 봐 놓기 싫어하는 엄니 있지, 그런데
가긴 어딜 가. 걱정 마."

"우리 말은 가지 말라는 게 아니라…."

"3년 후에나 가라는 말 아니우? 그러면 내 나이 스물이 넘
는데…. 그런 노처녀를 누가 데려가려 하겠어요."

정 그렇다면 찬물 한 그릇 떠 놓고 작수 혼례를 올릴 수도
있다 하는 삼례다. 그 눈에 장난기가 졸졸하다.

"아이그, 이것아…. 지금 네가 어깃장 부릴 때냐? 니 엄니
속 다 타들어 가 단내 나는 것 좀 봐라."

"단내요? 어디."

삼례는 제 어머니 배에다 코를 갖다 대고 일부러 킁킁 냄
새를 맡는 시늉을 하다가 이모를 잡아끌어 어디서 냄새가 나

는지 찾아내라 한다. 다 큰 딸애의 재롱 아닌 재롱을 보고 속으로 웃는 두 어른이다. 그러니까 아직은 일을 저지른 상태는 아닌 모양이라는 안도감이다.

"그럼 나 다녀오리다."

삼례는 이렇게 어른들을 안심시켜놓고 집을 나선다.

"가기는 어딜 간다는 게냐?"

"김 초시네 삯바느질 일감 얻어 놨다니께요?"

그 집 도련님 치수 재러 가야 한다는 삼례다. 그러한 삼례에게 '도련님 옷 치수 잴 생각 말고 그 도련님이나 낚아채' 오라는 이모다.

"한 시도 놀 날이 없어야. 제 언니 혼수도 쟤가 다 장만해준 거여."

"쟤는 이제 복 받을겨."

삼례는 일부러 두 어른을 웃게 만들고 집을 나온다. 그러나 두 어른이 차마 속 시원히 내뱉지 못하고 속으로 삼켰을 말, '배불러 시집가겠다는 꼴은 못 본다.'는 말을 되씹고 있었다. 이제는 조심을 해야 할 때다.

그러나 이왕지사 사는 인생 즐겁고 재미있게 살아야 한다. 삼락당에게 배운 말이다.

"우리 집 가훈은 '즐겁게 기쁘게 살자'야. 형제들 이름을 일락당 이락당 삼락당…으로 지은 것도 그래서였거든. 즐겁게 살자고 호에다가 전부 즐길 '락' 자를 돌림자로 넣은 거야."

사람은 사람에게 물든다. 더욱이 좋아하는 사람이 있다면 금방 같은 물이 들게 마련이다. 초록은 동색이라는 말이 그래서 나온 말이다. 같은 생각, 같은 행동, 같은 생활 방식이 이루어지면 드디어 하나가 되기 마련이다. 하나가 되면 서로 끌어당기는 자력이 생겨 떨어질 수가 없다.

'꿈꾸는 자를 만나야 해.'

삼례는 반드시 오늘은 이 일을 결정지어야 한다, 마음먹는다. 지금까지는 위로 언니가 가로막고 있었지만 이젠 물 흐르듯 자연스레 차례가 돌아왔다. 그는 늘 그랬다. 이미 운명이 그렇게 정해졌다고. 자기네 세보에 적힌 그대로, '전생의 인연을 맺고 태어난' 우리 두 사람이다. 거기엔 반드시 '우리' 라는 말이 붙어 있어 어느 시기가 오면 자연스럽게 하나가 될 수밖에 없다는 이야기를 하곤 했던 삼락당이었다.

삼례는 그러한 말을 하는 삼락당을 '꿈꾸는 자'라 불렀다. 꿈에서 깨어나지 못하는 몽상가라는 의미였다.

삼례가 광한루원에 들어섰을 때는 이미 어둑발이 들어 있었다. 젊은 청춘들은 어두워서야 도둑고양이처럼 살금살금 기어 나와 만난다.

"왔어?"

"벌써 와 기다렸지."

두 사람은 누가 먼저랄 것도 없이 얼싸안는다. 폭발할 것만 같은 기운이 한동안 둘을 떼어놓지 못한다.

그러나 남녀가 정분을 나누는 데에는 숨어 몸 가릴 곳이
있어야 한다. 요천이 바로 그런 곳이다. 이들은 항상 광한루
원에서 만나 요천으로 가 밀회를 즐긴다.

"강물은 흘러 바다로 가고…."

냇가로 자리를 옮기자 삼락당은 노래를 부른다.

신명이 나면 늘 부르는 '바다' 노래다. 삼락당의 꿈은 삼례
에게 바다를 보여주는 것이다. 자기는 본시 바다에서 살다
왔으므로 삼례에게 그 바다를 꼭 보여주고 싶다. 본시 그는
교룡이었다 했다. 삼례는 삼락당의 이 몽환적인 이야기를 좋
아했다. 그래서 꿈꾸는 자다.

"한양에서 무슨 일이 있었어?"

"아니."

"그럼 왜 벌써 내려왔어?"

"시험 치러 가기가 싫었어."

"그건 또 무슨 말이야?"

"한양까지는 잘 올라갔는데 사람들이 많이 모인 자리에 가
서 들으니까 선비들 몇 사람이 저들끼리 이야기하는데, 이미
급제할 사람들은 다 정해져 있다는 거야. 그들을 위해 형식
적으로 치르는 이번 임시는 쳐봤자 소용이 없다는 거지."

이미 합격자가 내정된 시험에 들러리 서기가 싫었다는 삼
락당이다.

"그래서 미리 겁먹고 내려왔어?"

"그런 건 아니야. 천하의 삼락당이 그깟 일에 겁먹다니?"

"그러면 왜 내려왔어?"

"삼례, 네가 보고 싶어서."

보고 싶어서 과거시험도 치우고 내려왔다는 삼락당이다. 이 일을 어쩌랴? 할 말을 잃은 삼례, 말 대신 시를 하나 지어 읊어 보인다. 차라리 말보다는 시로 마음을 주고받는 편이 더 쉬운 두 사람이다.

> 사람들은 왜 어진 이 알아보지 못하며
> 알아보면서도 쓰지 않으니 이를 어쩌랴
> 제 몸만 사랑하며 살아가는 저 사람들
> 어찌 충성 다 하여 나라 은혜 갚는다 하리

삼례는 세상을 한탄하는 한탄시를 지어 부르며 눈물을 글 썽인다. 그 청량한 목소리가 물소리가 되어 밤하늘을 울린 다. 하염없이 볼을 타고 내리는 뜨거운 눈물을 달이 내려와 비춘다. 눈물에서 떨어져 내린 달빛이 강물을 타고 흐른다. 가히 월인천강지곡이다. 달은 하나이되 온 누리의 강을 다 비추는 달이다. 하늘나라 선녀가 아니라면 누가 이런 시를 써 노래할 것인가.

"나는 시를 쓸 거야."

삼례는 시를 써 잘못된 세상 이야기를 하고 싶다 한다.

"그래, 시기상조인 게야. 영웅은 때를 잘 만나야 하는데 그게 아니야. 아무래도 우리는 시대를 잘못 타고났어. 그러니 너는 시를 써. 나는 소설을 쓸 거야."

불운한 시대에는 글을 쓸 수밖에 없다.

시와 소설은 하나이되 둘이다. 시가 자신의 육성으로 하는 노래라면 소설은 가성으로 하는 노래다. 시는 자신을 향한 채찍질이고 소설은 타인을 향한 질타다. 시는 자신을 가꾸는 마음속 꽃밭이고 소설은 세상을 경영하는 드넓은 산하다. 이렇듯 시나 소설은 늘 깨어 있는 자들이 하는 각성의 나팔소리 같은 것이다. 이는 현실의 일이 아니라 꿈꾸는 자들이 할 일이다.

이날 이들은 먹 감는 아이들과 멀리 떨어진 바위 뒤에서 정분을 나누었다. 가히 교룡의 합례였다. 교룡은 눈썹으로 교접을 시도한다 했다. 교룡은 암컷과 수컷의 차별이 없다. 양쪽이 서로 화합하고 호응하지 않으면 교합은 이루어지지 않는다. 양성평등이다. 양성이 평등할 때 비로소 사랑이 싹트고 평화가 깃든다. 어느 한쪽이 힘의 우위로 지배가 이루어진다면 이는 화평이 아니다. 다른 용에게는 힘을 내세우는 역린이 있지만 교룡에겐 그런 칼날 비늘이 없다. 곤충들이 교미 비행을 하듯 교룡의 눈썹은 황홀 찬란한 물보라를 일으키고 그 소용돌이 속에서 생명의 탄생을 준비한다. 물장구를 치며 달빛 아래 멱 감으러 나와 첨벙거리는 동네 아이들 사이에 숨어서 요천의 푸른 물속에 잠긴 이들은 또 하나의 무지개다리를 만들고 있었다. 이 무지개다리는 칠석날 오작교처럼 둘을 하나로 이어주는 다리가 되었다. 이게 환영이건 실제이건 꿈속에 사는 이들에게 있어선 살아 있는 시간 그 자체였다.

2
삼의당과의 약속

삼의당과의 인연은 이미 전생부터 정해진 운명이었다.

하립은 둘 사이의 맺어짐이 이생의 인연이 아님을 늘 입버릇처럼 말하고 있다. 어찌하여 부부가 나란히 한날한시에 한 동네에서 태어날 수 있었을 것인가? 그리고 남녀가 한 지붕 아래 한솥밥 먹고 사는 현실이 가능할 것인가? 그야말로 명혼소설의 한 장면이 아니면, 저 중국의 기서 『홍루몽』의 한 장면일 것이다. 한날한시 한동네에서 태어나기도 쉽지 않을 텐데 어떻게 열여덟 꽃다운 나이 되도록 서로 바라보며 살다가 한 지붕 아래 한 이불 덮고 한솥밥 먹고 한 몸 섞으며 살게 됐을 것인가. 그저 기이하단 말로밖에는 설명할 수가 없다. 아무리 윗대 할아버지가 써놓은 세보에 이런 꿈같은 예언이 있었다 하더라도, 그게 현실화되어 지금이 있다 하더라도, 그게 운명이라면 그 운명은 참으로 알 수 없는 신비로움 그 자체다. 때문에 벗어날 수가 없다.

하립은 어찌 보면 현실 세계에는 아무런 뜻이 없어 보였다. 그저 그날그날을 살고 보면 하루의 끝에 가서 그날이 즐거운 것이, 그게 다 제 인생의 나날인 듯싶은 것이다. 하여 지는 해를 멍하니 바라보며 하루를 보내는 일과를 되풀이하고 있다. 그런데 그런 점에서 아내로 맞아들인 삼의당 역시 마찬가지로 그날그날이 그날일 뿐인 낙천적인 성격이다. 그런데다가 이들은 말보다는 시문으로 의사를 전달한다.

첫날밤에도 그랬다. 첫날밤 신방에 든 아내가 이런 시를 읊었다.

열여덟 살 신랑과 열여덟 살 새색시
동방화촉 밝히니 좋은 인연이네요
같은 해 같은 달 태어나 한동네 살았으니
이 밤의 우리 만남이 어찌 우연이겠어요?

신부가 먼저 시를 지어 이렇게 노래하듯 하자 이에 대해 신랑은 잠시 할 말을 잊고 머뭇거리더니 이내 화답시를 준비한다. 신랑 신부가 아무리 글재주가 좋고 시문에 능통하다 해도 첫날밤에 시를 주고받는 일이 가당키나 한 일인가. 참으로 알 수 없는 일이다. 노래라면 또 몰라도 시로서 초야를 밝히다니….

신랑의 화답시는 이렇다.

　울 둘이 상봉하니 광한루 신선인가
　이 밤의 만남은 분명 옛 인연을 이음이오
　배필은 원래 하늘이 정한다고 하니
　세상의 중매란 모두 부질없는 일 아니겠소

"당신 화답시가 너무 좋아요."
"맘에 든다니 다행이오."
　신랑신부는 한동네에서 십팔 년을 서로 바라보며 살았지만, 서로의 속내를 이렇게 화답해보기는 처음 있는 일이라 약간 서먹서먹하기는 해도 곧장 익숙해져 간다. 신부는 우리 만남이 우연이 아니라 했고 신랑은 광한루 신선이니 당연지사 아니겠느냐 응수했다. 비록 작수성례를 올린 혼인식이기는 했으나 이는 결코 우연이 아닌 전생부터의 인연이다.

　부부의 만남에서 백성이 생겨나니
　군자의 도리도 여기서 생겨난다오
　공경하고 순종함이 아내의 도리이니
　이 몸 다하도록 당신 뜻 어기지 않겠어요.

　일단 서로의 만남이 필연적이라는 걸 깨달은 두 사람은 합

일의 경지로 들어간다. 이제는 아주 꽃송이의 꽃잎을 여는 신비로운 모습이다. 열린 꽃잎 사이로 바람이 불고 향기에 취한 암술, 수술이 뒤엉키면 그 씨앗이 생성되기 마련이다. 이 음양의 이치를 노래하는 신부는 누구인가. 이제 갓 피어난 꽃송이가 꽃잎에 살포시 기대 꽃의 도리와 순종을 뜻하는 시가 나오는 까닭이다. 이에 뒤질세라 화답하는 시가 또 나왔으니,

> 부부의 도리는 인류의 시작으로
> 온갖 복이 여기서 시작된다 하오
> 시험 삼아 『시경』의 도요편 살펴보니
> 우리 집안 화목이 당신에게 달렸다오

암술은 입술을 벌리고 수술은 그 속에 생명을 불어넣는다. 그러면서 새로운 생활이 시작된다. 생활에는 질서와 균형이 있어야 한다. 그러자면 지켜야 할 법도가 생겨나고 이를 준수해야 할 의무가 생긴다. 이제 아주 노골적으로 무언가를 요구하는 시가 나올 수밖에 없다.

남자가 여자에게 바라는 바, 그 바람이란 게 무엇일 것인가. 평안과 화평을 위해서는 순응과 참음과 믿음이 있어야 할 것이라는 당부의 말씀이다. 이러한 도덕적 책임을 시로써 말할 수 있다는 것은 대단한 수양에 이르지 않은 사람들은

할 수 없는 신선의 경지다.

"당신 뜻 잘 알겠어요. 그 뜻을 따르겠어요. 그대 이제 내 낭군이 되었으니 말버릇도 고치겠어요. 지금까진 너나들이 했지만 이제부턴 공손히 하소로 대접하겠어요. 그래야 예의 범절이 생기겠지요?"

"고맙소. 그런 의미에서 내 당신에게 집에서 부르는 이름을 하나 지어주겠소."

이렇게 해서 신랑은 즉석에서 아내의 당호를 '삼의당'이라 고 지어주는 동시에 편액을 만들어 방문 위에 걸어주겠다 한 다. "여보, 지금까지 삼례라 부르던 그 이름을 삼의당이라 고 쳐 부르면 어떻겠소?"했을 때 삼례는 세 가지 예의를 갖추 고 살라는 뜻이 아니었겠어요? 반문했고, 그 세 가지 뜻이란 게 결국엔 인간이 갖추어야 할 기본 도리로서 유학의 근간인 인·의·예·지이니 지금까지 배워온 도리라 하였다. 그런데 삼의당이라는 말은 무슨 뜻인가. 삼의당이라는 말은『시경』 에 기록된 주남周南의 시 '도요桃天' 편에 나오는 구절을 응용 해 지은 이름이다. 그 시는 이렇게 구성돼 있다.

복숭아나무의 아름다움이여
곱고 고운 그 꽃이로다
이 아가씨의 시집감이여
그 집안을 화순케 함이로다

복숭아나무의 아름다움이여

많고 많은 그 열매로다

이 아가씨의 시집감이여

그 집안을 화순케 함이로다

복숭아나무의 아름다움이여

그 잎이 무성하고 무성하도다

이 아가씨의 시집감이여

그 집안 사람들을 화순케 함이로다

세 번에 걸쳐 반복되는 '그 집안을 화순케 하는 것' 이것이 결혼해 친정 식구를 떠나 시집을 가, 시집살이를 해야 하는 여자의 덕목으로 보는 것이다. 이 시 「도요」의 주제다. 지금까지 세 가지 기본도리를 지켜 성장했으면 이제 성인으로서의 또 다른 기본도리를 해야 한다는 뜻이겠다. 남의 식구가 되어 살림을 이루자면 그간의 습성을 버리고 그 집 식솔이 되어야 한다. 그러자면 그간 친정에서 가졌던 모든 습속을 벗어버리고 시댁의 습속을 따라야 한다. 그간의 자기 고집을 버리고 남편의 의사에 순종해야 한다. 그게 그 집안을 화순케 하는 것이고 그 집안사람들을 화순케 하는 것이다.

시 속에 후렴구로 '의기실가宜其室家', '의기가실宜其家室', '의기가인宜基家人'이라고 세 번씩이나 반복해서 쓴 '의' 자가 바로 그런 뜻의 '마땅할 의(宜)' 자라면, 여자는 마땅히 그렇게 해야 한다는 순종을 강요하는 것이 된다. 이게 도요편의 참 의미이다. 그게 이 시의 참뜻이고 새신랑이 새신부에게 바라는 소망이다. 어찌 보면 이 말뜻 속에는 남자가 여자에게 순종을 요구하는 듯한 의미가 있다. 하지만 새색시는 군말 없이 그 말에 동의를 한다.

"알겠어요. 당신의 뜻이 무언가 알겠어요."

당호를 지어 받은 새색시는 방긋 웃음을 지으며 그 뜻을 받들어 살겠다 한다. 삼례를 삼의당으로 고쳐 부르든 삼의당을 삼례로 다시 부르든 그게 무슨 상관일 것인가. 이미 부부의 예를 갖추어 혼례를 치른 이상 서로가 서로의 의사를 존중해 살아야 함은 당연지사, 서로의 권리를 내세우기 이전에 마땅히 해야 할 의무부터 먼저 해야 할 일이겠다. 그렇다고 자기 남편이 아내에게 부당 불편한 일을 요구할 리야 없지 않은가. 역지사지의 견지에서만 바라본다면 아무 문제 될 일이 없다. 삼의당은 그렇게 남편을 이해하고 믿었다.

"삼의당의 '삼' 자에는 또 다른 뜻도 있겠지요?"

"그것이 무엇이오?"

우주 만물 중에 첫째는 하늘이요 둘째는 땅이며 셋째는 사람이라, 이 셋은 각자 따로이면서도 하나다. 그중 으뜸이 인간이다. 하늘도 땅도 인간을 위해 존재한다. 그러니 이 '三'이라는 숫자는 아주 중요하다. 하늘(一)과 땅(二) 위에 사람(人)이 있으니 그게 지아비(夫)이다. 약간은 남성을 우위로 내세우는 억지 같은 주장이 있었지만 아내는 지아비의 주장을 따른다는 삼종지도에 동의를 한다. 그러면서도 한 가지 명확히 해두자며 선을 긋는다. 부부란 서로 간섭하고 간섭받는 사이다. 서로가 서로를 구속하고 서로를 자유롭게 하는 사이다. 각자는 하나이면서 둘이라는 이야기다. 서로 독립된 존재를 인정해달라는 것이다.

"인간을 남녀 둘로 나누니 이 역시 서로 존중해주어야 할 존재 아니겠어요?"

"대체 당신은 언제 그런 걸 배워 알게 되었단 말이오?"

하립이 묻는다. 신기하기 그지없는 일이다. 시로써 대화를 할 수 있는 신부인 줄은 꿈에도 몰랐던 일이다.

"그러한 말은 저 책걸이에 놓여 있는 몇 권의 서책 속에 다 들어 있지요."

그러나 이러한 문제들은 학식이나 말로 해결될 수 있는 문제가 아니라 몸소 행함으로 나타내야 할 실천의 문제라는 삼의당이다.

하립은 아내가 된 삼의당이 이렇듯 이치에 밝을 줄은 예전에 미처 몰랐다. 이웃에서 십팔 년 동안이나 같이 살았지만, 처녀가 길쌈이며 바느질만 잘 하는 줄 알았고 겨우 언문 정도 깨쳤겠지 하는 생각만 했다. 이렇듯 시문에 능통하고 속내까지 넓다고는 생각지도 못했던 것이다. 설사 글을 알고 시문을 안다 해도 이 정도로 천문을 깨쳤을 것이라고는 상상도 못했던 일이었다.

"정말 대단하오."

"아마 전생에 글을 깨우쳤던 모양이지요."

삼의당은 알 듯 모를 듯 이상한 말을 했을 뿐 더 이상은 말하지 않았다. 그러면서 용마에 관한 이야기를 한다.

"우리 윗대 할아버지 중에 김일손이라는 분이 계셨지요."

형제분이 여럿 있었는데 그 이름자에 전부 말 마(馬) 자가 들어가 있어 김일손의 이름자를 풀어보면 말 마(馬) 자에 날 일(日) 자가 들어가 있는 역마의 '일(馹)'이라는 것이다. 태양처럼 밝은 빛을 띠고 달리는 역마가 무엇일 것인가? 바로 용마다. 용의 기운을 타고난 말의 후손이란 이야기이다. 그도 그럴 것이 더 윗대로 올라가면 김해 김씨 김일손의 첫 할아버지는 김해 가야를 일으킨 김수로 왕이다. 그 아래로 저 신라의 김유신 장군이며 이조정랑을 지낸 김일신이 있고 그 아래로 삼의당의 아버지 김인혁이 있다.

천년을 사는 용들의 시간으로 계산한다면 불과 몇 년의 세월일 수도 있을 일이다. 그렇게 따지고 보면 저 산동마을 앞의 용담에 '용견시'를 쓰게 한 노인이 예언한 두 용마의 후손 중 하나임에 틀림없을 일, 한낱 전설 같은 설화에 불과했던 금석문의 내용이 사실로 드러나는 이 놀라운 사실 앞에 하립은 다시금 놀란다.

두 사람 만남이 이리도 기이하단 말인가. 인연의 실타래는 풀어도 풀어헤쳐도 모자랄 이야깃거리다. 하립은 언제부턴가 이 이야기들을 글로 써 남겨야 한다는 생각에 사로잡혀 있었다. 태어나 할 일이 그뿐인 듯했던 사명감 같은 것이었는데 왜 그래야 했는지는 알 수가 없었다. 그런데 삼의당의 다음 말을 듣고는 그 소명감이 무엇을 의미하는지 새삼스럽게 인식한다. 그 꿈을 전달하는 전달자가 되는 것이다. 그 꿈이란 건 대체 무엇인가? 별을 바라보듯 바라볼 수 있는 하나의 빛을 전하는 일이다. 그게 바로 전설이다. 전설이 또 하나의 역사를 만든다. 그것이 무엇일 것인가. 지금 삼의당은 그 이야기를 하고 있다. 후손은 마땅히 선조를 빛내야 할 의무가 있다.

김일손은 '창랑의 물이 맑으면 갓끈을 씻고 창랑의 물이 흐리면 발을 씻는다'는 초나라 굴원의 시에 의탁해 스스로 호를 탁영濯纓으로 짓고는 「탁족」이라는 시를 써 남겼으니, '산속 샘물에 발 담가 더러움을 씻으니/한가로워 일마다 청신하지 않음이 없다/물이 탁하면 발을 씻어라 말했다지만/진흙이 오히려 몸을 더럽힐까 두렵다오'라고 하여 그 청빈함을 시로 노래하고 청빈을 호로 삼았다. 그러면서 스스로 오동나무를 베어 거문고를 만들어 독송했다.

"그분이 말씀하셨다지요."

"뭐라고요?"

"사물은 마땅히 짝이 있는 법인데, 오호라 이 오동이 나를 만나지 않았더라면 사라졌을 것이니 누구를 위해 나왔다 하겠는가…. 그러면서 인걸은 가도 음악은 남는다고 하셨다지요."

그 음악의 첫 단계가 바로 시이니 어찌 시 공부를 하지 않을 수 있었겠는가 하는 것이다. 음악에는 반드시 음악을 만드는 노랫말이 있어야 한다. 음률만 가지고는 온전한 음악이 될 수 없다. 소리 이전에 소리를 낼 수 있는 음원이 있어야 한다. 그 음의 뿌리가 바로 시다.

"제가 할아버지의 그 거문고를 가지고 있는 한 시를 소홀히 할 수야 없지 않겠어요?"

탁영 김일손의 후손이니만큼 선조에 대한 예의를 지켜야 한다는 삼의당이다. 세상에 이렇게 깊은 뜻을 품고 사는 여자라는 것을 미처 알지 못했을 때야 함부로 말하고 함부로 대할 수 있었겠지만 이젠 그렇게 막무가내로 대할 수 없을 일이다. 어릴 때는 짓궂은 장난을 치느라고 물동이에 개구리를 잡아 넣고 방천길에 난 수크령 풀잎을 묶어 넘어지게도 하였지만, 이제는 동반자로서 시를 쓰는 글동무로서 함께 가야겠다는 생각을 하게 된다. 오히려 시를 쓰는 데 있어서는 자기보다 한 수 위인지 모르겠다는 생각이다. 그렇다면 자신은 시보다는 소설 쪽으로 길을 열어야 하리라.

하립은 지금 자기 앞에 다소곳이 앉아 선조 이야기를 하는 이 여인네야말로 소설 속에서나 나올 법한 인물이라 생각한다. 그도 그럴 것이 시집이라고 오면서도 혼수를 장만할 형편이 못 돼 거의 빈손으로 왔다. 그러면서도 굳이 들고 온 물건이 하나 있었으니, 윗대 할아버지가 친히 만들어 애용하던 거문고 탁영금이었다. 이제 그 비밀스런 의혹이 하나씩 풀려 나가는 순간이다.

가히 경외의 대상이다.

"제 집안의 명예를 걸고서라도 하씨 집안의 일원이 되는 데 부족함이 없도록 하겠어요."

탁영 김일손은 춘추관 사관으로 있으면서 성종실록을 편찬할 때 이극돈의 비행을 그대로 쓰고 김종직의 조의제문을 그대로 실었다고 해서 처형되었다. 이게 온 세상을 발칵 뒤집어놓았던 무오사화의 발단이다. 권력을 장악하기 위해서 벌였던 발광이었지만 희생자가 너무 많은 폭력이었다. 후에 신원이 복원되긴 했지만 일단 멸문지화를 당한 집안은 다시 일어설 수 없는 고난을 면치 못했다.

사람에게 한번 무서움증이 들어오기 시작하면 그 두려움은 분노로 변하고 분노는 파괴를 불러온다. 파괴적 폭력은 곧 파탄에 이르는 지름길을 열어 멸망의 길로 인도한다. 이를 제어하고 통제하기 위해서는 부단한 자기 수양이 필요하다. 자기 수양에 시 쓰는 일을 능가할 대안이 없다. 그래서 공자는 '시 삼백 편이면 사무사'라 하여, 시 삼백 편을 읽거나 쓰거나 하면 생각함에 사특함이 없다, 하여 글쓰기가 최고의 수양임을 설파하였다.

하립은 새삼스럽게 아내를 칭송한다.

"그대는 선녀요."

신혼초야의 시에 대한 화답시를 노래할 때 '울 둘이 상봉하니 광한루의 신선인가'라고 했던 구절이 절대 우연이 아니었음을 실감하는 것이다. 이 일련의 일들이 모두 하늘이 시켜서 이루어지는 일이라 생각한다. 하늘이 시킨다는 뜻은 그게 천리라는 말이다. 하늘의 이치는 빈틈이 없이 짜여 있다. 수많은 별들이 서로 부딪히지 않고 순행하는 것과 마찬가지다. 이 모든 일이 꿈속의 일 같다. 일찍이 장자가 논한 호접몽의 이야기가 바로 이런 순간을 두고 하는 말이 아닌가 하는 것이다. 꿈속에서 나비가 되었는데 꿈속의 나비가 나인지 나비가 보는 내가 정말 나인지 모르겠다는, 바로 그 상태가 지금 이 상태가 아닌가.

"일장 호접몽이요."

그러면서 하립은 신부의 방에 기화요초와 동물들을 그려 벽을 장식하는데, 마치 신들린 사람 같다. 모란, 난초, 소나무, 대나무, 국화 등을 채색하여 그린 초충도도 있었다. 하립은 그림에도 일가견이 있어 꽃들이 살아 움직이는 듯하였고, 향기를 품어내는 듯도 하였다. 그리고 삼의당이라는 편액도 만들어 걸어주었다.

"이제 우리 지난날에 연연하지 말아요."

지난날이 어떠했든 조상이 무슨 벼슬을 했건 무슨 변을 당했건 그건 지난 일이지 오늘의 현실이 아니다. 오늘은 오늘이고 그 오늘이 내일 된다. 그러니까 이제부턴 내일을 위한 설계를 해야 한다는 이야기겠다.

"서방님이 되었으니까 하는 이야기인데 장차 태어날 아기들도 생각해야 하고 무슨 일이건 벌이가 되는 일을 해야 하지 않겠어요?"

지금까지 어른들 밑에 사는 동안은 살림 걱정 하지 않고 놀고먹었지만 이젠 가장으로서의 책임이 있다는 것을 상기시켜 주려는 아내의 말에 남편은 일단은 알겠노라고 대답했다. 그러면서 하는 말이 지금 이 상태에서 먹고살 길은 과거시험을 봐 벼슬길에 오르는 수밖에 없을 테지만 관리가 되는 일은 하고 싶지 않다 한다. 공부를 해도 순수학문이지 과거시험을 치르기 위한 입시공부는 하고 싶지 않다는 것이다. 그러면서 여태껏 위로 삼 대가 벼슬길에 나가지 않았음을 애써 강변하는 하립이다.

"우리 집안은 위 삼 대가 벼슬길에 나가지 않았어요."

하립의 집안엔 5형제가 있다. 결혼해 분가한 형들도 있었지만, 이들 역시 벼슬과는 거리가 멀었다. 집안 대대로 녹봉을 먹고 살았지만 거기는 거기 나름대로 고초를 겪었고, 그

공포로 인해 벼슬길과는 거리가 멀어졌다. 남원읍성 밖 유천 가에 자리한 서봉방 사람들은 대개 이런저런 사연으로 겁에 질린 사람들이 떠밀려 와 사는 동네라 서로가 서로의 내력을 들추고 싶어 하지 않는 사람들이었으니 지금 이들이 나누는 이야기는 충분히 이해가 갈 것이다.

"집안 이야기는 이제 하지 말아요. 지난 일은 지난 일로 묻어두어요."

이쯤에서 하립은 꼼짝없이 여자에게 당하는 수밖에 없다. 이름자까지 자전에도 없는 첨자로 만들어 물 수(氵) 변에 날 일(日) 자를 이고 있는 설 립(立) 자를 만들어 하립(河湦)이라 쓰는 고집도 소용없다. 그는 이 옥편에도 없는 조자造字를 만들며 날 일(日) 자에 주목했다. 태양처럼 밝은 빛이 되겠다는 것이다. 태양을 세우겠다는 것이다. 어디에다가? 물가에다가…. 물에 비치는 해와 달, 억조창생을 비추는 해와 달은 하나이되 강은 천 갈래, 만 갈래로 이 해와 달빛을 비춘다. 하여 월인천강지곡이 되는 것이다. 하물며 그게 달이 아니라 남성인 태양이라면? 백주대낮을 비추는 햇볕이라면 이야기가 달라진다. 모든 생명의 원천이 될 수 있는 것이다. 그러한 태양이기를 바라는 꿈이 무엇일 것인가? 한낱 벼슬로써 집안 살림을 채울 소소한 일로써인가? 그건 아니라는 것이다.

하립은 세상이 공정하기를 바란다면 양쪽이 기울지 않아야 함을 강조하는 중용지도를 배운 사람이다. 배운 사람이

44

이를 실천하기를 겁낸다면 사기에 지나지 않는다. 최소한 사기꾼이 될 수야 없질 않겠는가. 세상에서 가장 못난 자가 자기를 기만하는 사기꾼이다. 남이 볼 때는 성인군자인 척하고 혼자 있을 때는 그 진실을 못 본 척 외면한다면 소인배도 그런 소인배가 없다. 그는 적어도 자기 자신을 기만하지 않는 인간, 아내의 청을 거부하지 않는 남편이기를 바란다. 까짓 공부 좀 한다고 죽을 것인가. 시험공부 해 과거 치른다고 죽을 것인가. 과시합격 해 벼슬한다고 죽을 것인가. 그는 이 삼세 가지 죽을 고비를 각오하고 아내의 뜻을 따르기로 한다.

그러나 할 말은 해야 한다.

"내 꿈은 소설에 있어요."

"시문이 아니고요?"

시는 그때그때의 감정을 나타내는 데에는 적당한 수단이지만 정작 할 말이 많을 땐 시로 다 못 할 때가 있다 한다. 그러면 사辭나 부賦를 이용해 말할 수도 있겠지만 그로도 못 할 경우는 소설이 제격이라는 것이다. 이를 성취한 사람이 매월당 김시습과 연암 박지원이라는 것이다. 이들이 사표라는 것이다.

"그렇게 할 말이 많아요?"

"세상이 우릴 그렇게 만들고 있지 않소?"

세상이 갈수록 험해지니 할 말이 많지 않겠느냔 것이다. 난세를 살아가는 처세로는 벼슬길보다는 자기 성찰의 시를 짓거나 세상을 경영할 소설을 쓰는 일이 할 일이란다. 지금 불어오는 새바람으로 소설이라는 게 있다. 이제는 인쇄술도 발달해 책을 찍어내는 일도 가능하다. 그 책을 읽어주고 돈을 버는 이야기꾼인 전기수도 있다. 그러니 소설가는 책을 팔아 밥벌이도 할 수 있다는 이야기다. 소위 말하는 매설가다. 하립은 한양 길에서 이 새로운 변화의 물결을 보고 온 사람이다.

"이 남원에서 그런 책을 몇 권이나 팔겠어요?"

"책을 내면 남원에서만 팔겠어요?"

"그러면 한양으로 올라가시겠다는 거예요?"

그러면서도 '당신이 뭐 유명작가라고 책을 팔아서 밥을 바꿔 먹어요?'라는 체면 깎이는 소리는 하지 않는 삼의당이다. 능히 하고도 남을 소리이지만 남의 심기를 건드리는 일은 하지 않는 조신함이 몸에 배어 있다. 이 배려에 감복한다. 남편을 남편으로 대해주는 아내, 이런 아내에게 부득부득 자기 고집을 내세울 일이 무엔가. 일단 의사를 전했으면 될 일이다, 굳이 그 일로 다툴 필요는 없다. 서로가 서로를 위하는 게 상책이다.

"내가 황룡이라면 그대는 청룡, 그대가 청룡이라면 나는 황룡, 황룡과 청룡이 하나 되는 꿈을 이루어요."

그게 상생의 도리다. 서로 색깔이 다른 두 객체가 만나 하나가 되자면 각자가 가진 포부를 굽힐 줄 알아야 한다. 길을 하나로 바로잡아야 옳게 갈 수 있다. 강물이 산언덕을 의지 삼아 그 안으로만 흐르듯 서로의 굽어짐 속으로 흘러가야 한다. 부부가 갈 길이다. 굽어든다고 체면 깎이는 일이 아니다. 바위가 있으면 바위를 돌아, 나무뿌리가 있으면 그 또한 돌아, 돌아가는 것이 강물의 흐름이다. 부부의 길은 강물처럼 흘러갈 일인 것이다.

"내 그대 말을 들어 내일부터 과시 공부를 하겠소."

"고마워요. 그렇게 제 마음을 이해할 줄 알았어요."

삼의당은 자신의 뜻을 받아준 데 대한 고마움의 표시라며 술을 한 잔 따라 올린다. 드디어 서로 마주 보고 마시는 합환주다.

"이제 우리도 그 열매를 맺어야 하지 않겠어요?"

합환주 한 잔에 볼이 발그레 복숭앗빛이 된 여인의 옷 벗는 소리가 화촉을 끈다. 신랑 신부가 초야를 치르는 데는 술기운을 필요로 한다. 술은 기운을 북돋우고 혈액의 순환을 돕는다. 너무 과하게 마셔 취하지 않는다면 술은 보약이다. 더구나 첫날밤의 합환주는 기를 생성시켜 원활한 교합을 이루는 데 도움을 준다.

이들 부부는 드디어 술기운을 빌려 어른이 되었다. 어른이 되었다는 말에는 씨를 받았다는 뜻이 들어 있다. 사람의 씨앗은 꽃씨와는 달라서 바람을 통해서 날아가는 것이 아니라 아비의 생식기관을 통하여 어미의 배 속에 들어가 배양되는 것이다. 그러나 그 이전에 이미 수태된 생명이 있었다는 것을 이들은 모른다. 지난날 요천에서의 유희가 있었던 것을, 그 탈선이 이 이야기의 요체인 것을.

"우리 태어날 아이가 딸이라면 이름을 나비라 지어야겠어 요."

새벽을 알리는 수탉이 꼬끼오 홰를 치자 신부가 일어나 웃으면서 하는 말이다. 간밤에 얼마나 애를 태웠는지 술상에 술이 다 비워져 있었고 촛불의 밀랍도 다 타들어 가 녹아 없어졌다.

3
매월당과 연암에 관한 강론

겨울날 짧은 해가 성 안팎을 두루 내비치고 있다.

그러나 학동들은 성 밖 향교 담벼락 밑에 쪼그리고 앉아 놀기를 좋아한다. 성안에서는 아직도 불타다 남은 숯덩어리와 녹슨 못들이 나뒹군다. 세월이 지났지만 폐허는 그대로다. 허물어진 성터 아래에서,

"영등 할마씨 나물 좀 캐주소. 한 소쿠리도 말고 두 소쿠리도 말고 꼭꼭 눌러서 한 소쿠리만 캐주소."

동네 계집아이들이 나물 바구니를 들고 노래를 부르고 있다. 나물을 많이 캐게 해주려면 지금 내가 던지는 이 칼이 땅에 바로 꽂히게 해주고 아니면 칼이 그냥 나뒹굴어도 좋다는 주술적 노래다.

정월도 대보름이 지나 정이월이 오면, 영등바람이 분다. 영등바람은 한 해 농사의 풍년과 흉년을 결정짓는 역할을 한

다. 바람이 많이 불어 병해충을 싹 쓸어가 버리면 비도 적당히 오고 그해는 풍년이 든다. 정이월인데도 영등바람이 불지 않거나 바람이 불어도 연이 하늘 높이 올라가지 않을 만큼 시원찮으면 영등 할매가 노한 거니까 특별히 더 푸짐한 음식 장만을 해서 진노를 달랠 논꼬시를 올려야 한다.

영등 할매는 농사의 신이 보내는 사신이다.

논꼬시는 논에 지내는 제사로 논귀에 있는 물고에 떡과 과일 같은 제물이 바쳐진다. 물고는 논의 수위를 조절하도록 만들어진 넓적한 돌을 일컬음이다. 이 돌을 높이 쌓으면 물을 많이 가둘 수 있고 낮추면 논물의 수위가 줄어든다. 이 물고가 높으면 높을수록 그해의 물 사정이 좋다는 의미로 풍년이 점쳐진다. 여기에 차려놓는 제물을 '논꼬시'라 한다. 보통 집 농지에서는 떡이나 과일 정도로 제물이 가볍지만, 부자들 경우에는 고기나 건어물까지 있어 논꼬시를 빼먹기 위해 이런 부잣집 논만 찾아다니는 아이들도 있다. 아이들은 이 수확된 제물을 거두어서 나눠 먹으며 나물을 뜯으러 다니는데 나물을 많이 뜯게 해달라고 비는 노래가 '영등 할마씨'이다. 영등 할매가 농사의 신이 보낸 사신이니까 나물이 어디 많이 있는지도 알려줄 것이라는 속신인 것이다.

논둑에서 이 노래가 들리면 벌써 봄이 찾아왔다는 신호다. 사내아이들은 연날리기며 자치기를 하고 계집애들은 나물 소쿠리를 들고 들로 봄맞이를 나선다.

아직은 이른 봄이라 춥다. 추위를 견뎌보려고 향교 담벼락 밑에 서 있는데,

"아저씨는 공부도 안 하면서 서당엔 뭐 하러 와요?"

묻는다. 그저 빛 바라기를 하러 왔다 할까 멍 때리기를 하러 왔다 할까 하다가,

"나는 공부하면 안 되나?"

한다. 말을 그렇게 하고 보니 저들과 함께 공부를 해보고 싶은 마음이 들기도 하는 삼락당이다. 몇 년 전까지만 해도 이 학동들처럼 열심히 다녔던 서당이다. 그래서 해마다 이맘때쯤이면 담벼락 아래서 멍청하게 빛 바라기를 하던 그때처럼 우두커니 서 있는 것이다.

낙방거사라 불리는 이 아저씨는 이날도 빛 바라기를 하고 있는 아이들 옆에 아무 말 없이 서 있다. 아이들 이야기는 주로 새로 온 훈장에 관한 이야기였다.

"우리 훈장님은 학문은 안 가르치고 쓸데없는 이야기만 잔뜩 해."

"그게 왜 쓸데없는 이야기야?"

한 아이는 훈장의 이야기가 재미 없다 하고 한 아이는 재미있다, 한다.

"과거시험을 보러 가자면 사서삼경을 가르쳐야지 명혼소설이 그게 뭐야? 난 하나도 재미없어."

"난 재미있던데?"

"재민 무슨 재미, 월사금만 아깝지."

이날 훈장이 학생들에게 가르친 이야기는 사실 과거시험과는 아무런 상관이 없을 이야기들이었다. 예컨대 매월당 김시습에 관한 이야기 같은 것은 과거시험과는 아무런 상관없는 별개의 문제였다.

그도 지나가다 문밖에서 이 이야기를 다 들어 알고 있는 내용이었다.

이야기는 대충 이런 것이었다.

글에는 여러 가지 종류가 있어, 전傳이라는 말이 붙어 있는 책이 있다. 예를 들어 춘향전이나 심청전, 흥부전, 변강쇠전 같은 것이 그것인데 이 책들은 모두 우리 남원 땅에서 나온 글들이라 했다. 그런데 이러한 책들은 그 내용이 실제 있었던 인물이야기를 토대로 썼지만 사서처럼 사실 그대로 쓰지 않고 약간의 거짓말을 덧붙여 재미있게 쓴 글이라 했다. 중국에서는 이를 소설이라 한다 했다. 소설은 시정잡배들의 이야기를 집대성해 모은 글이다.

여기까지는 좋았는데 그다음부터는 '귀신 씻나락 까먹는 소리'들이었다. 요즘 우리나라에도 이러한 글의 종류가 떠돌아 새로운 문체가 생기기 시작했다. 연암 박지원이 그 필두라 했다. 연암이 가까운 경상도 땅, 안음에 현감으로 부임해 왔다는 소문이 있어 언젠가는 한번 찾아가 만나볼 요량이라는 말까지 했다. 그러면서 명혼소설이라는 듣도 보도 못한 이야기를 계속한다. 연암 박지원보다 훨씬 먼저 이러한 소설을 쓴 사람도 있었다는 것이다.

"저 앞에 절터가 있지?"

그것도 혼자서 이야기만 하면 됐을 일을 굳이 학동들을 유도해 문답식으로 학습 분위기를 끌고 나갔다. 이게 새로 온 훈장의 학습 방법이었다.

"예, 성터 너머 저 허물어진 절터 말이지요?"

"그렇지. 그 절 이름이 뭐라 했더라. 누구 아는 사람?"

훈장은 일부러 절 이름을 모르는 척 묻는다.

그러면 똑똑한 척하고 싶은 아이가 손을 들고 일어서 말한다.

"만복사요."

"그래, 만복사. 저 만복사 절에서 일어난 이야기를 쓴 「만복사 저포기」라는 소설이 있단다. 누구 읽어본 사람?"

아무도 없다. 없을 수밖에…, 모르니까 배우러 온 게 아닌가. 훈장은 이런 식으로 관심을 집중시켜 나간다.

"어디 한번 그 이야기를 들어볼래?"

훈장이 이야기를 하겠다 하자 아이들은 금세 또 조용해진다. 글을 쓰라거나 어려운 문장을 외우라는 것보다는 잠자코 듣기만 하면 되는 이야기는 공부하기가 수월하다. 그저 듣기만 하면 된다. 입이 아파도 훈장이 아프지 배우는 학생들은 편하다. 그런데 훈장은 주거니 받거니 이야기식으로 공부를 해나간다. 느닷없이 질문을 해대는 통에 긴장을 늦출 수가 없다.

"우선 소설의 줄거리부터 이야기하자면 이렇다."

지나간 임진년과 정유년에 왜구가 쳐들어와 난리가 일어난 후, 남원 땅에 양생이라는 사람이 살았는데 집안이 가난해 장가를 들지 못했다. 하여 만복사 부처님을 찾아가 장가들게 해달라고 철야기도를 드리고 있었는데, 한밤중하여 예쁜 아가씨가 불전에 나타나 똑같은 소원을 비는 게 아닌가. 이게 웬 떡인가 싶어 양생이 손을 덥석 잡고 자기도 혼인할 배필을 찾아달라고 비는 중이었는데 이런 우연이 어디 있느냐, 이는 필시 하늘이 도운 것이라 했다. 양생은 집안이 가난하고 배운 게 없어 장가를 못 들었고 처녀는 세상 남정네들이 전부 전쟁터에 나가 죽는 바람에 남자 씨가 말라 혼인을 못 했다는 것이었다. 이렇게 하여 만난 두 사람은 부부의 연을 맺고 함께 살기로 약속을 하고 기화요초가 만발한 숲속의 집에서 며칠을 보냈는데, 알고 보니 그곳은 이 세상이 아니었다. 그곳에서의 하루는 세상에서의 몇 년과 같아서 제법 세월이 흘렀다, 싶은 어느 날… 처녀가 실토를 했다. 처녀는 처녀가 아니라 귀신이었다는 이야기다.

"하루는 처녀가 은잔을 하나 주면서…."

아무 날 아무 시, 아무 데 가 서 있으면 사람들 행렬이 지나갈 것인즉, 이 은잔을 보여주고 우리가 부부의 인연을 맺었다는 사실을 이야기하면 좋은 일이 생길 것이라며 양생을 떠나보냈다. 양생이 시키는 대로 하였다. 그날이 마침 처녀의 3년상이라 탈상을 하는 날이어서 절에 제사를 지내러 가던 그 집 부모들이 자초지종 양생의 이야기를 듣고 증거로 내보이는 은잔을 보고는 놀라 하는 말이 '이는 필시 하늘이 도와 우리 딸이 처녀귀신을 면했다' 하며 이 은잔은 자기들이 딸애의 무덤에 함께 넣어주었던 잔이 틀림없다며 양생의 말을 곧이들었고, 양생에게 후한 보상을 해주었다.

이렇듯 죽은 사람과 산 사람이 서로 얽혀 관계를 맺는 이야기를 쓴 소설을 명혼소설이라 한다.

"한 편의 소설을 이해하자면 소설의 내용도 중요하지만, 그 작가에 대해서도 알아야 한다. 이 소설을 쓴 사람은 매월당 김시습이라는 사람이다."

훈장은 작가에 대해 이야기했다. 작품을 이해하자면 그 작가에 대해서도 알아야 한다. 김시습은 강릉에서 태어나 오세신동이라는 별명을 얻었을 정도로 천부적인 재주를 타고났다. 그는 태어난 지 8개월에 글자를 읽고 3세 때에는 글을 지었으며 5세에 벌써 중용 대학을 배워서 신동이라는 소문이 났다.

재주는 타고나는 것이다. 보통의 재주는 공부로 이룰 수 있지만 이렇듯 타고나는 재주는 이미 혈통 속에 흘러내려 오는 것으로 하늘이 점지하는 것이다. 매월당의 윗대 선조는 명주군왕 김주원이다. 그는 신라 제38대 왕이 될 자였었는데 집 앞을 흐르는 강물이 불어 취임식에 나가지 못하는 바람에 자기 아랫사람이었던 김경신에게 왕위를 빼앗기고 강릉으로 피신했다. 원성왕이 된 김경신은 김주원에게 명주군왕이라는 작위를 주어 대관령 아래 겨우 터 잡아 살게 되었다. 김주원은 신라 29대 태종무열왕 계통이었고 김경신은 17대 내물왕계였으니 서로 문파가 다른 김씨 일족이다. 김주원의 아들들은 이 억울한 왕위찬탈을 바로잡기 위해 반란을 일으켰지만 결국 실패했다. 오세신동은 철들며 벌써 이러한 집안 내력과 정치 현실을 직시하게 되었다.

"매월당이 벼슬을 그만두고 뜬구름처럼 떠돌며 자유롭게 산 데에는 자기 집안 내력을 알고 정치에 신물이 난 데에도 그 원인이 있지만 '나는 어려서부터 성격이 질탕하여 명리를 즐겨하지 않고 생업을 돌보지 아니하고 다만 청빈하게 뜻을 지키는 것이 포부였다'라고 말한 그의 의지가 있어서였다."

사람은 그가 하고 싶은 대로 살 권리가 있다. 그것이 자유로운 선택이고 자유롭게 살 수 있는 방법이라면 그렇게 하는 것도 좋을 것이다. 반드시 벼슬을 하고 높은 자리에 앉아 세상을 호령하는 것만이 남아의 할 일은 아닐 것이다. 학문에는 두 가지가 있다. 벼슬길에 나아가기 위한 학문이 있고 자신의 인격도야를 위한 순수한 학문도 있다. 어느 길을 택하든지 학문은 해야 한다. 그 속에 길이 있기 때문이다. 글을 익히지 못하고 학문을 닦지 않으면 눈 뜬 당달봉사가 된다. 두 눈을 번연히 뜨고도 앞을 못 본다는 뜻이다. 사람의 눈에는 두 가지가 있는데 하나는 얼굴에 달린 눈이고 또 다른 하나는 마음을 열어 보는 심안이다. 얼굴에 달린 눈은 사물을 구분하지만 심안은 사람의 갈 길을 알려주는 길잡이가 된다. 시나 소설은 이 마음의 눈으로 보는 세상의 길이다.

"이 길라잡이를 시인·작가라 한다. 매월당 김시습은 만고에 길이 남을 작품을 쓴 작가다. 현실에 안주할 수 없어 벼슬길을 박찼지만 그 누구보다 훌륭한 길라잡이였다."

「만복사 저포기」 이 소설 하나만 해도 그렇다. 이 글을 통해서 남원의 역사를 알 수 있다. 사서를 읽으면 딱딱하고 재미가 없지만, 소설로 읽은 역사는 누구나 쉽게 접할 수가 있다. 거기다가 그 속에는 인생이라는 게 들어 있다. 인간이 어떻게 살아야 할 것인가를 알려주는 길잡이가 되기도 한다. 때문에 아직도 작가의 이름이 회자되고 있는 것이다. 그러한 작가가 되고 싶지 않으냐?

"따라서 작가의 이름은 영세 불망인 것이여. 이제 그에 버금가는 작가가 또 한 사람 나왔으니 지금 우리와 같은 하늘을 이고 사는 연암 박지원이라는 분이시다."

현세의 작가 연암 박지원, 그 같은 유명한 작가가 같은 하늘 아래 살고 있는데, 그가 마침 이 웃고을 안의 현감으로 내려왔으니 이 아니 절호의 기회일 것인가? 그러한 인물을 만날 기회란 도저히 있을 수 없는 일, 이번이 아니면 만날 수 없다, 그러니 같이 갈 사람이 있으면 함께 가자는 훈장이었다.

"이럴 때 저런 훌륭한 분과 연줄을 이어놓으면 좀 아니 좋겠느냐? 세상일이란 언제 어디서 어떻게 다시 만날지 모르는 것이다."

유명인사와 연줄이 닿았을 때 일단 인사를 당겨놓으면 언젠가는 덕 볼 일이 생길 거라는 은근한 암시이기도 했다. 연암이 지금은 현감 자리에 있지만, 다시 올라가 중임을 맡아 과거시험을 심사하는 자리라도 앉게 된다면 그땐 얼마나 큰 힘이 되어줄 것인가. 연암의 인품이나 학식으로 보아 안의 현감 자리에 오래 있을 인물이 아니란다. 이쯤에서 훈장은 담배를 피워 물었다. 여기저기서 함께 가겠다는 학동들이 손을 들었다. 다 고만고만한 녹봉을 받고 있는 관리들의 자제였다. 혹자는 집에 가서 부모님과 상의해서 답을 주겠다는 학동도 있다. 훈장의 말을 따지고 보면, 그 말의 저의에는 안의에 갈 때 혼자 가기 심심하니까 함께 가자는 것이었고, 더 막말로 말하자면 노잣돈을 보탤 학생이 누가 있을 것인가를 묻는 수작일 터였다. 밖에서 이런 공부를 지켜보던 삼락당은 어느덧 자기도 모르는 사이 서당 안에 들어와, 체면이고 염치를 차릴 새도 없이

"저는 벌써 그분을 뵌 적이 있는데요?"

하고는 훈장 앞에 무릎을 조아려 앉는다. 학동들이 낙방

거사라 놀려대도 아무런 내색을 하지 않던 동네 아저씨 삼락당, 그가 언제 들어왔는지 저도 모르게 슬그머니 서당에 들어와 훈장에게 말을 붙이고 있다.

"저의 새로운 호도 그분이 지어준 거거든요…."

"호를 지어줘? 연암이?"

훈장은 이게 무슨 뜬금없는 말인가 싶어 재차 묻는다.

"자네가 언제 연암 선생을 만났단 말인가. 어디에서?"

훈장이 낙방거사에게 관심을 보이자 여기저기서 양반집 자제들인 도령들이 이런저런 말들을 쏟아냈다.

아이들이 아저씨 별명은 낙방거사이며 이미 한양에 올라가 과거시험을 치르고 내려온 재수생임을 주저리주저리 주워섬기는데, 서당에 낼 월사금이 없어 형제들끼리 교대로 공부하러 나오는 날도 있고, 지금 이 아저씨는 여태껏 독학을 하다가 동생이 아픈 관계로 요즘 며칠 동생 대신에 나오는 대리 학생이니 그자의 말에 개의치 말라고 고자질하는 아이도 있다. 한 학동은 일어나, 그런 게 아니라 마누라 등쌀에 못 이겨 억지로 등 떠밀려 시험 보러 갔더라는 이야기까지 일러바친다.

훈장은 제비 새끼들처럼 재재거리는 아이들 말을 무시하고 물었다.

"그래, 연암 선생이 자네 호를 뭐라 지어주었나?"

"담락당이요."

담락당(湛樂堂). 즐길 담(湛) 자에 즐길 락(樂) 자를 겹으로 씀으로써, 즐기고 또 즐기며 질탕하고도 자유롭게 살 것이라는 뜻. 어디 매인 데 없이 뜬구름처럼 거침없이 살고 싶다니까, 그럼 그렇게 하라면서 지어준 호. 그는 새로 얻은 호에 대한 이야기를 한다. 담락당이란다. 질탕하게 놀라고 지어준 이름이 담락당이란다. 아이들이 서로 이 이상한 호에 대해 호언한다. 어찌하여 이런 호를 얻었단 말인가? 하립은 본관이 진양 하(河) 씨로 세종 때 영의정을 지낸 하연의 13세손이며 교리 하응립의 7세손이다. 아버지는 하경천으로 바로 윗대로부터 벼슬을 한 사람은 없었지만 5형제 중 셋째로, 다복한 가정에서 태어났다. 집안 세보대로 항렬에 따라 형제들의 이름자를 따르자면 1락당, 2락당, 3락당, 4락당… 하립은 3락당이라 해야 맞는데 유독 돌림자의 3자를 빼고 담 자를 넣은 까닭이 무엇이란 말인가?

연암이 그런 호를 지어줬다면 필시 무슨 까닭이 있어야 하지 않겠는가.

"연암이 자네의 호를 담락당이라 지어줬다고?"

"한양에 백탑시파라는 모임이 있었어요."

그는 과거시험을 치르러 올라가 그간 한양에 머물며 저들과 지냈던 이야기를 한다. 마침 그가 하숙하게 된 친척 집이 운정동에 있어 원각사와는 가까운 곳이라 자주 가게 되었는데 연암을 흠모하는 젊은이들이 자주 모이던 곳이 있었다.

유득공, 이덕무, 홍대용, 정철조, 박동수, 이서구, 박제가 같은 젊은 인물들이 주를 이루었는데 대부분이 청나라를 갔다 온 사람들로 장안 사람들은 이들을 일컬어 북학파라 하였다. 청나라의 새로운 문물을 받아들여 실용적인 학문을 주창했던 사람들이다. 정조 임금도 이들의 주장을 옳게 여겨 이들 대부분이 서얼 출신인데도 불구하고 중용해 이들의 이야기에 귀를 기울였다.

그는 하숙집 아저씨 되는 친척 덕분에 시골 샌님으로서 어쩌다가 그들과 함께하는 영광을 누리게 되었는데 즉석에서 지어 올린 글 덕분에 저들로부터 인정을 받았다. 사실 따지고 보면 별일 아닌 것 같았지만 연암의 문하생들과 함께 술을 마시는 자리에 앉을 수 있었고 연암으로부터 호를 받을 수 있었다는 것은 가문의 영광이 아닐 수 없는 일이었다. 그 글이 바로 시가 아닌 소설이었던 덕분이다. 어쩌다가 서로의 글을 견주어 보는 시회에 동참해볼 기회가 있었는데, 하립은 시정잡배들이나 하는 소리라 무시당하던 소설을 써 보였던 것이다. 처음 써본 소설 글이었지만 시재에 뛰어난 인재들이 모인 자리에서 다른 종류의 글재주를 내보였다는 것은 아직 세상 물정 어두운 촌뜨기로서는 대단한 영예로움이었으며, 아직 서생에 불과했던 그로서는 귀여움을 독차지하는 호사를 누릴 수밖에 없었던 일대 사건이 되었다.

지금은 어디에 굴러다니고 있는지 아니면 불쏘시개로 이

용돼 없어졌는지 모르겠지만 그때만 해도 제법 열심히 썼던 글이다. 첫 소설이다.

"그래, 그 소설이란 게 무슨 이야기였나?"

전라도 임실 땅에 주인을 구하고 죽은 개 이야기가 전해진다. 고려시대 사람 최자의 『보한집』이란 책에 적힌 내용이다. 김개인은 술꾼으로 술에 취해 들판에서 잠을 자는데 불이 나타 죽게 생겼다. 마침 뒤따라온 개가 주인을 위해 온몸에 물을 적셔 주인을 구하고는 지쳐서 죽었다. 잠에서 깨어나 상황을 파악한 주인은 개를 묻어주고 옆에다가 짚고 다니던 지팡이를 꽂아 표를 해두었는데 이 나무가 자라 큰 나무그늘을 이루게 되었고 그곳을 후세사람들이 김개인이 낮잠을 자던 곳이라 해서 '오수(獒樹)'라는 이름을 붙이게 됐다는 이야기다. 이와 더불어 충직한 개를 잊지 않기 위해 후세 사람들이 '의견비(義犬碑)'를 세웠다는 것인데, 이 이야기는 물론 책에 전하는 기록에 근거를 두었다. 그러나 있었던 이야기를 그대로 쓴 게 아니라, 한 가난한 선비가 과거시험을 치르러 가다가 들은 체험담으로 고쳐 쓴 것이다.

"그래, 있는 이야기에다가 살을 붙여 재미를 더했다 이 말 아닌가? 그게 바로 소설이란 게야. 그래 그 체험담이란 건 뭔가?"

가난한 선비가 처음으로 집 떠나 한양으로 가는 길이니 잔뜩 긴장을 해 잠을 이루지 못하고 있는데 어떤 여자가 그가 묵고 있는 여숙을 찾아와 이야기를 좀 하자는 것이었다.

"그래, 그 여자의 이야기가 뭐였던가?"

울면서 훌쩍이며 하는 여자의 말이 자기는 남편이 죽고 없는 혼자 사는 여인으로서 도저히 아이들 데리고 먹고살 길이 없어서 몸을 팔기로 작정을 하고 나선 마당이니 자기를 하룻밤만 사달라는 청이었다.

"들병이를 만난 거로구먼…, 그래서?"

"물어보나 마나 한 이야기이지요. 돈만 홀딱 날려버리지 않았겠어요?"

이후 여정이 어떠했겠느냐, 거지 신세를 면치 못했다는 웃지 못할 모험담이다. 그런데 이야기는 거기서 끝나는 게 아니다. 여인과 정사를 치르고 난 뒤 깊고도 혼곤한 잠이 들었는데 참으로 이상한 꿈을 꾸었다.

연암은 과거시험을 치르러 올라온 시골뜨기 백면서생의 글을 아주 높이 평가했다. 특히 뒷부분에 사족처럼 단 '의견비를 지나다가 그 동네에서 하룻밤을 묵게 되었는데 여인에게 돈을 다 털리고 혼곤한 잠에 빠졌다. 그런데 그 꿈에 김개인을 만나 과거시험에 대한 시제를 얻었다'는 부분이 압권이라는 이야기를 했다. 거기다가 다시 토를 달아 장유자 이야기를 곁들여 쓴 것은 금상첨화로, 반전에 반전을 거듭하는 이게 바로 소설의 백미라는 칭찬까지 아끼지 않았다 했다. 과거에 나올 시제까지 얻었는데 장유자를 만나 낙방을 할 수밖에 없었다는 이야기의 꾸밈은 소설 중의 소설이라는 것이었다. 소설은 남의 이야기를 듣고 읽는 사람이 재미있게 상상하도록 하기 위해 이야기에 살을 덧붙이는 거라 했다. 또한 그 재미를 더하기 위해 반전에 반전을 거듭한다.

"그런데…, 의견비 뒤에 덧붙여 썼다는 그 장유자 이야기는 또 뭔가?"

훈장이 궁금해 묻는다.

"용유담 전설이었습니다."

지리산 아래 산동마을 용담에는 용을 친견한 경재敬齋 하상공河相公 이야기가 남아 있다. 하상공은 조선전기의 문신으로 좌·우·영의정을 두루 거친 재상으로 어떻게 보면 삼락당이 태어날 것을 미리 예언한 사람이기도 하다.

하상공이 젊어 한때 전라도 관찰사로 남원 땅에 발을 들여놓았는데 첫날밤부터 이상한 꿈을 꾸었다. 백발노인이 나타나 '내 아들 다섯이 죽게 생겼으니 좀 풀어 달라'는 하소연을 하며 시를 한 수 지어 주고 가는 것이었는데,

　　　용문산을 아홉 번이나 오르고
　　　큰 바닷물을 세 번이나 마셨는데도
　　　아직 용이 되지 못한 이때
　　　장유자라 하는 자에게 잡혀갔네

하는 시였다.

하상공이 깜짝 놀라 상하좌우 관속들을 불러 '혹시라도 나를 대접하기 위해 잡은 생물이 있는가?' 하고 물으니, 장유자라는 어부가 관찰사를 대접하는 상을 차리기 위해 산동마을 용유담에서 잉어를 잡아 왔다고 하였다. 가서 보니 이미 비늘을 반쯤 쳐 입을 빠끔거리며 거품을 내는 황금빛 잉어가 한 마리 있었다. 그 두 눈에 하늘이 담겨 있었기에 즉시 이를 잡은 자리에 놓아주게 하였더니, 며칠이 지나지 않아 노인이 다시 나타나 '아직 철모르는 어린 것을 살려줘서 고맙다'는 인사를 하며 소원이 있으면 말하라 하였다.

하상공은 돈도 명예도 다 가진 사람이어서 특별히 바랄 것은 없다며 다만 용의 자태를 한번 봤으면 좋겠다 하고 청하였다. 노인이 말했다. 보통 사람 같으면 용을 보면 반드시 죽는데 당신 같은 비범한 사람은 봐도 괜찮겠다며 아무 날 아무 시에 산동마을 용유담으로 나오라 했다. 정해진 시간에 용유담에 나아가 물을 바라본 즉 커다란 황룡이 나타나 물결을 일으키며 노는데 그 뿔과 수염이 무지개처럼 빛났다. 이윽고 다시 한 마리 청룡이 구름 속에서 나타나 한바탕 소용돌이를 일으키며 어울렸다 사라지는데 이 세상에서는 볼 수 없는 기이한 모습이었다.

노인이 말했다. 이 중 한 마리는 이미 다쳐 교룡이 될 수밖에 없는 내 후손이요 또 다른 한 마리는 먼 훗날 그가 맞이

할 배필이 될 것이라며, '내 후손은 이미 네게 생명을 빚진바 이제 네 손에 부치겠으니 네 후손이나 잘 기억해두라' 하였다. 그의 배필로는 용마를 타고 오는 자의 후손이 될 것인즉, 언제 어디서 어떻게 만날지는 두고 보면 알 것이다. 아직 어린 것이라 몇 년이 걸릴지는 모르겠지만 '있을 때에 있을 곳에 있을 사람이 한날한시에 한동네에서 태어나게 될 것'이라는 묘한 말을 했다. 이를 본 하연은 '용견시'라는 시를 지어 남기는 동시에 바위에다가 '용견죽하'라는 글자를 새겨 이를 잊지 않게 하였다. 언젠가 누군가 이 글자를 풀이해 세상에 전할 때가 올 것이라 하였다 한다.

용담이 있는 그 마을 이름이 산동마을이다. 산동마을은 대륙의 산동반도에서 이주를 해 온 도래인들의 집성촌으로, 이들이 산수유라는 진귀한 과일을 길러 먹고 장수하는 별유천지였다.

산동의 바윗돌은 크고 높으며
산동의 푸른 물은 깊고 깊도다
황국화로 빚은 술 즐거운 이때
구월이라 가을풍경 장히 좋구나

그런데 잉어를 잡은 어부의 이름인 장유자는 저주를 받았는지, 그 이름을 입에 담는 자는 하는 일마다 재수가 없고 과

시를 보러 가는 사람이라면 그 이름만 들어도 낙방을 한다는 것이었다.

그러나 진정으로 '용견죽하'의 뜻을 이해하는 자가 나오면 대문장가가 될 것이라는 예언을 했다. 이 말을 전해 들은 하연은 용유담 바위벽에 글을 써 남기고 이 시의 진정한 뜻을 풀이할 줄 아는 후손이 나오길 기대해, 하씨 세보에 이 내용을 남겼다. 언젠가는 그 후손에게서 오늘날의 이야기를 완성시키는 문재가 나타날 것이니, 그 이름이 후세에 빛날 것이라는 예언이었다. 그는 탄생부터가 남다를 것인즉, 그의 현신을 증명할 수 있는 일이 한 가지 있으니, 장차 한날한시 한 동네에서 태어난 처녀, 총각이 서로 결혼해 살게 될 것이라는 글이었다. 저들은 가난하여 오만하지 않을 것이며 오만하지 않으므로 진실할 것이라 했다.

"하연은 우리 윗대 할아버지이고 저는 그 후손입니다. 우리 집안 가계에 내려오는 세보라 익히 들어 알고 있습니다. 그래서 제가 과거시험마다 낙방을 하는 겁니다. 그런 고약한 일이 제 운명이라면 아무리 공부를 해도 소용이 없질 않겠습니까? 이 이야기를 소설처럼 써 연암 선생에게 보여주고 답을 물었던 것입니다."

"그랬더니 연암 선생이 뭐라든가?"

"아직도 그런 운명 따위를 믿느냐, 운명은 스스로 개척해 나가는 것이라 하였습니다. 그러면서 새로운 학풍이 밀려온다고도 했습니다."

"그 학풍이 뭐라 하던고?"

"천주학이라 하였습니다."

"천주학은 서양에서 온 학문이지."

훈장은 새로운 사상으로 천주교가 들어오긴 했지만 아직
은 생각해볼 문제라 하였다. 전라도 진산 땅에 사는 윤지충
이 천주교를 믿고 조상 제사를 거부해 참수당한 이야기를 예
로 들며 서양문물이 들어오긴 하지만 선뜻 받아들이긴 아직
이르다는 것이었다. 연암 선생 자신도 그 일에는 적극적이지
않은 상태라 하였다.

"스승님께서는 연암에 대해서 어떻게 그리 소상히 알고 계
십니까?"

"허어, 나도 그 백탑방 출신일세. 그런 자세한 내력 같은 건
나중에 두고 보면 알 걸세. 아무튼 자네가 쓴다는 그 소설 잘
되기를 바란다네."

하면서 그런 사적인 이야기는 나중에 하자 한다. 자기도
한양에서 내려온 지가 얼마 안 되는 훈도라서 남원 물정이
어두우니 나중에 광한루 구경이나 같이 가자며 천주학에 대
한 이야기를 더 하길 꺼린다. 듣는 학동들의 눈이 있기 때문
이었을까? 훈장은 다시 소설 이야기로 돌아와,

"소설은 지어낸 거짓 이야기이긴 하지만 진실에 대한 허구
여야 한다."

고 못 박았다. 거기에는 반드시 사람을 이롭게 하는 요소가 들어가야 한다 했다. 메마른 세태에 개가 사람보다 낫다는 충직한 의견 이야기는 그 요소까지 다 갖추었으니 훌륭하다 했다. 그러나 장유자 이야기는 소설의 재미를 위해선 좋았지만 한낱 설화를 믿고 운명으로 받아들인다면 누가 노력을 할 것인가, 그런 미신적 요소는 문제가 있다는 일침을 가했다.

하립은 이런저런 설렘과 흥분 때문에 과거시험도 제대로 치르지 못했고 시험을 볼 필요성조차도 느끼지 못했다. 그런 어마어마한 변화를 준 현존 작가를 그는 직접 눈으로 보고 이야기도 나누었다.

그런 큰 스승이 눈앞에도 있었다. 그 스승은 과시를 그렇게 탐탁하게 생각지 않았다. 그가 말했다. 글은 실용적이어야지 이론에만 그쳐서는 소용이 없다고. 지금까지의 조선의 학문은 이(理)와 기(氣)의 양립에 치우쳐 아무런 쓸모가 없는 죽은 학문이라는 것이었다. 새로운 학문은 무엇인가? 이용후생이라는 것이었다. 학문은 이론과 사상이 아니라 실생활에 필요한 것이라야 한다. 그러한 새로운 불씨를 일구고 있는 북학파의 신진들은 굳이 벼슬길에 나가지 않고서도 백성들 속에서 잘사는 나라를 만들 수 있다 했다. 민생을 위해서는 오히려 민초들 사이에 끼어 사는 게 더 효율적이라 했다. 잡초가 곡식이 자라는 데 도움이 되듯.

"남원 땅이라면 춘향전의 본고장 아닌가? 그런 글을 한번 써보게나."

그러한 생면부지의 시골 청년에게 저들 북학파 신진들은 용기백배하는 잠언들을 들려주었었다. 춘향전은 한낱 사랑 이야기에 그치는 것이 아니라 탐관오리를 징계하자는 개혁 의지가 그 주제라는 것이었다. 비록 술값을 호되게 치르느라 향토장학금을 다 날려버리긴 했지만, 그 역시 즐거운 일이었다. 아마 이 일은 아내 삼의당에게도 말할 수 없는 비밀이 될 것이다. 저들은 술버릇처럼 말했다. 발은 땅에 딛고 있지만 머리는 하늘에다 두라고. 현실을 비켜 살라는 것인데, 현실에 충실하다 보면 기껏 해봐야 귀양살이밖에 없는 벼슬길이니 차라리 좋은 글 써 남겨 영세 불망 작가가 되라는 충고였다.

"이 험난한 세상에 뭐 하러 벼슬길에 나서려 하나? 어차피 시골에 살면 거기 묻혀 자연이나 즐기게나."

"자네처럼 소설을 쓰는 상상력이라면…."

북학파의 젊은 신진들은 그에게 매월당 김시습이나 연암 박지원을 타산지석으로 삼으라 했다.

"저는 어찌하면 좋지요?"

"이제부터는 당당하게 그 호를 쓰게나."

사람의 이름은 그 사람을 대변한다.

담락당은 이제 글공부는 안 가르치고 쓸데없는 소설 이야기만 한다던 훈장이 좋아지기 시작한다. 무언가 깊이가 있는 사람 같아 보여서라기보다는 자기를 알아주는 것 같았기 때문이다. 이 문제, 소설 쓰는 일은 집안 형제들은 물론 자신을 과거시험장으로 내몬 아내 삼의당까지도 이해를 못 해주었는데 유일하게 훈도가 그 말에 귀를 기울여주었다.

훈장은 천주에 대한 이야기가 나올까 봐 그랬는지 소설에 대한 이야기가 더 길어지는 것을 경계해서였는지 황급히 화제를 돌려 공부를 하자 하였다.

"자, 이제 잡설 그만하고 소학을 펴라."

아이들은 이제야 과거시험에 필요한 진짜 공부를 시작하게 돼 안도의 숨을 내쉬었고, 삼락당에서 담락당으로 그 호를 고쳐 부르기로 한 담락당은 서당을 나왔다.

4
춘래불사춘이라

"그렇다면 더 기다려야 하는 것인가?"

"형님도 참 기대할 걸 기대해야지요. 그놈이 어디를 봐서 집안을 빛낼 인물이겠소? 첫날밤부터 마누라한테 꽉 잡혀 억지로 올라간 한양 아니겠소?"

그 덕분에 없는 돈에 빚돈까지 내어 한양 구경만 잘하고 내려왔을 것이란 둘째 이락당의 볼멘소리다. 장가를 들어 분가했지만 아직 한 동네 사는 담락당의 형 일락당(一樂堂)과 이락당(二樂堂)은 오늘도 동생 담락당(湛樂堂)에 대한 험구 아닌 험구를 하고 있다. 이제 셋째 삼락당은 삼락당이란 호도 버리고 담락당이란 이름으로 갈아탔으니 무슨 별 볼일이 있을 것이냔 형들의 걱정 아닌 걱정이었다.

"내 다 들었구마. 한양 하구지 아재 말을 빌리면…, 아 이놈이 시험공부는 안 하고 북학파인가 뭔가들하고 술만 쳐묵고 놀았다두만…, 그러니 무슨 급제를 해? 초장에 김칫국 마시고 내려온 게 큰 다행이지."

집안 살림 더 거덜내기 전에 일찌감치 낙방하고 내려온 게 다행이란 것이다.

"그래도 제수씨는 그 뒷바라지 다 해줄 모양이던데?"

"형님이 형수님 시켜서 가서 좀 말리라 하시유. 그게 그래 가지고 붙을 과거급제라면 나라도 하겠소."

"일자무식인 네가 하긴 뭘 해?"

"허 참, 나가 시험 보러 안 가 그렇지 명색이 사서는 뗀 놈이유. 일자무식이라니? 제삿날마다 지방은 누가 써 붙이유? 일락당 형님이요, 그 잘난 담락당 아우요? 이 둘째 이락당이란 말씀이유. 그러니 일자무식이란 그런 말은 아예 하들 말어유. 나 자존심 상하면 어떤지 알잖소?"

"사서고 삼경이고 책을 뗴면 뭐 해? 등 떠밀어 한양 갈 노잣돈 보태줄 마누라도 없으면서?"

"나 참 내, 형님도 그렇게 생각하슈?"

"아니면? 제수씨가 베틀 잘라 네 노잣돈 보태줄 일 있냐?"

"이참에 말이 나왔으니 하는 말인데 그 담락당이 말이요, 이제 아예 짐 싸 들고 교룡산 덕밀암으로 들어간다네요."

"그 잘됐네. 서당 아이들 놀림 받을 일도 없을 테고, 훼방꾼 없이 글공부하기 딱 좋겠네."

"그래 그런 줄 아슈? 들어보니 또 다른 일이 생겼더마요."

"또 다른 일이 뭐간디?"

"새로 온 훈장 말이유."

새로 온 훈장이 공부는 안 가르치고 엉뚱한 바람을 불러일으킨다는 것이었다. 지금 한양에선 문체혁신이란 게 일어 지금까지 읽었던 동서고금의 책들을 걷어차고 새로운 문장을 따르는 학풍이 일고 있는데, 그 거두가 안의 현감으로 부임해 와 얼마 전에 훈장이 친히 학생들을 동원해 거기까지 문안을 드리고 왔다 한다.

"그 앞잡이가 누군지 알아요?"

형님의 아우가 그 말구종을 잡았더란 것이다.

"이놈이 보라는 시험은 뒷전으로 미뤄놓고 저들과 어울려 놀았었다는 이야기 아니오."

제가 아무리 진탕 마시고 질펀하게 놀 거라는 담락당이란 호를 새로이 받아 왔다 하더라도 어찌 그럴 수 있느냔 말이다. 그 여비를 어찌 장만해 주었는지 알면 제놈이 그렇게 놀 수 있느냔 것이다. 다행스럽게도 당숙뻘인 하구지 아재 같은 일가친척이 있어 한양에서 하숙 치는 일을 겸하지 않았더라면 엄두도 못 낼 일이 아니었던가. 오고 가는 노잣돈이야 제수씨가 베를 끊어 팔고 삯바느질을 해 벌어 댔다지만 먹고 자고 밥값이며 하숙비는 누가 댄 것인가. 결국 여기 있는 당숙모에게 쌀로 지급하기로 약조를 하고 얻은 대가다. 거기엔 남아 있는 형제들의 노력과 정성도 총동원되는 희생이 따라야 가능한 일이다. 그래도 다행스럽게 촌수 가까운 집안 아저씨가 한양에서 경저리를 맡고 있었기에 망정이지 그조차 없었더라면 과거시험을 보러 올라간다는 그 자체가 불가할 일이다. 이렇듯 부모 형제의 피를 빨아 올라간 놈이 한양에서 기껏 문체혁신인가 뭔가에 정신이 홀렸었다면 이게 온전한 놈의 생각인가. 그걸로 낙방의 고배를 마셨으면 정신을 차리고 볼 일이지, 그 여파로 한직으로 몰려나 변방으로 쫓겨난 안의 현감 박지원 같은 인물이나 만나고 다닌다니 이게 도대체 정신 똑바로 박힌 놈이 할 짓인가.

"담락당이 벌써 그런 인물을 사귀었다니?"

일락당은 연암이 어떤 인물인진 몰라도 비록 시골이긴 하지만 한양에서 예까지 현감으로 내려온 인물이라면 대단한 학식을 갖춘 분일 거고, 새로운 문체를 일으켜 눈 밖에 난 인물이라면 언젠가는 크게 될 거라며 그러한 인물을 찾아 서로 교유한다는 동생이 대견스럽다고 말한다.

"형님도 참, 속도 편하시유. 그 돈이 어디서 나우? 제수씨 삯바느질하느라 손톱 밑에 피 마를 날 없는 거 못 봤수?"

"그런 수고 안 하고 남편 출세시키겠니? 형제가 되어 도와주지는 못할망정 헐뜯지는 말자."

"이게 어디 헐뜯는 거유, 걱정이지."

"그런 걱정할 여유 있으면 제수씨 혼자 고생하는데 땔나무라도 한 짐 갖다주지 그러냐?"

"나무는 벌써 져다 주었고요. 형수님 시켜서 추어탕이라도 좀 끓여다 드리라 하시지요. 배가 벌써 남산만 하게 불러 오더만요."

"드디어 집안에 불씨가 활활 타오르는군. 알았다, 네 형수 시켜 보양식 좀 챙겨다 주라 하지."

"그건 그렇고요, 그 이야기 들었수?"

"그 이야기라니?"

"형님도 귀가 그렇게 어두워 쓰겠수?"

이락당은 연신 입을 벙글거리면서 자기에게 돈벌이할 일이 좀 생겼다는 이야기를 한다. 이번에 새로 부임한 신임 부사께서 광한루의 지붕 공사를 새로 할 것을 지시하였는데 거기 인부가 필요하단다. 그 공사를 맡은 와공이 마침 유천마을에 처가를 둔 이 대목인데 이 목수가 인부로 일할 것을 제안했다. 사락당하고는 이미 이야기가 돼, 막일이나마 일을 나가기로 했는데 형님 의향은 어떠냐는 것이다. 요즘 같은 흉년에 돈 나올 데 하나 없는데 잘되지 않았냐는 것이다.

"우리 삼형제가 나가면 그깟 일 문제 없잖겠수?"

"네가 지붕 위에 올라가 그 일을 하겠다는 말아야? 감나무 위에도 못 올라가는 주제에?"

"형님도 참, 누가 그 높은 지붕 위에 올라간다 했소? 우리가 맡아 할 일은 지붕 위에 올라갈 기와를 싣고 오는 일이니 걱정일랑 붙들어 매쇼."

"그러면 네가 달구지를 끌고 기왓장을 실어 나르겠다 이 말이냐? 그래, 그 기와는 어디 있고?"

"인월에서 기와를 굽는다고 하지 않소?"

"인월에 기와공장이 있는 줄 누가 모르냐?"

그렇지만 소달구지는 어디서 구하고 소는 또 어디서 구할 것인가? 아무것도 가진 게 없는 빈손으로 그런 막중한 일을 어떻게 시작할 수 있을 것인가? 그 많은 기왓장을 메고 올 것이냐, 지고 올 것이냐. 그보다는 양반 체면에 어떻게 그런 막노동을 할 수 있을 것인가. 일락당은 돈은 좋지만 불가한 일이라 한다. 그래도 꼭 아우가 그 일을 떼내어 하고 싶다면 차라리 가까운 곳에다가 기와공장을 하나 차리는 게 더 낫다 이야기를 한다.

"그 먼 데서 어떻게 기와를 싣고 오냐? 차라리 가까운 데 기와공장을 하나 만드는 게 낫겠다."

"와아, 역시 형님은 형님이야. 머리가 팽이처럼 핑핑 돌지. 그런데 기와 흙은 어디서 구하지?"

기와를 굽자면 거기에 맞는 기와 흙이 있어야 한다.

"와토가 있는 곳은 내가 안다."

기와를 만들 수 있는 흙은 보통 흙이 아니라 찰진 '까마구 흙'이어야 한다. 옹기를 굽거나 기와를 만들 때 사용되는 찰흙은 반죽을 해 기와 모양을 만들었을 때 어그러지지 않도록 점성이 있어야 하고 원하는 지붕 색깔에 따른 빛깔도 갖추어야 한다. 광한루의 지붕을 일 기와라면 고풍스러워야 할 것이고 수명도 오래가야 할 것이다. 그런 흙이라면 요천의 상류 지점에 한 군데 있긴 하다. 천렵을 나갔다가 우연히 봐둔 곳이긴 하지만 그곳의 찰흙이 예사 흙이 아니었던 걸 기억해 내는 일락당이다. 일행 중에 옹기 굽는 일에 종사하던 친구가 있었는데 그가 '야, 여기 이런 곳도 다 있네. 이거 옹기 흙이잖아.' 하였던 것이다. 옹기쟁이들은 옹기 흙이 나는 곳을 따라 이동하며 가마를 만든다. 거기에는 두 가지 조건이 따라야 하는데 흙만 있어서는 안 되고 옹기를 굽기 위한 땔나무도 쉽게 구할 수 있어야 한다. 모든 물류는 운반비를 먼저 생각해야 한다. 번연한 이치다. 그렇게만 하면 돈은 벌 수 있다. 그렇지만 그런 돈벌이는 장사치나 할 짓이지 우리 같은 양반이 할 일이 아니란 것이 일락당의 소견이다.

"그렇지만 꼭 그렇게 해서 돈을 벌어야 하겠냐?"

"당장 땟꺼리도 없는 형편인데도 형님은 양반타령이유?"

"그래도 양반 체면이 있지. 갓 쓰고 소달구지 몰리?"

"까짓 갓 쓰면 뭣 허우? 갓끈이 밥 먹여 준답디야?"

이락당은 얼굴이 붉으락푸르락 열이 오른다. 기껏 따낸 돈벌이를 이렇게 폄하하면 그 공력이 공염불이 될 판이니, 열불이 안 오를 수 없을 일이다. 하지만 기와를 사서 옮기는 것보다는 기와공장을 차리라는 말에는 귀가 솔깃한 이락당이다. 이런 기발난 생각은 형님이 아니면 낼 수 없는 창안이다.

"그래, 그 와토가 나는 곳은 정확히 어디쯤이유?"

이 대목하고 상론을 해봐야겠다는 이락당이다. 이 대목은 대목수로서 목수로서의 기술은 물론이고 사업수완도 좋아 그 정도 물류비를 아낄 수 있는 사업이라면 그도 그냥 있지 않을 것이란 희망이다.

"재주는 곰이 부리고 돈은 되놈이 가져간다는 말이 있다. 남 좋은 일 그만 시키고 적게 먹고 가는 똥 싸시지."

그런데 또 일락당은 그런 좋은 생각 말해봤자 그 좋은 생각만 빼앗기고 만다는 이야길 한다.

"속고만 살았나, 어쩌다가 그렇게 삐딱해졌수?"

왜 세상사 모든 일을 삐뚤어지게만 보느냐 아우의 나무람에 형은 이렇게 말한다.

"우리 집안은 세상에 나서지 않는 게 가훈이라."

그래서 삼대를 벼슬자리에 나선 사람이 없다. 자라 보고 놀란 가슴 솥뚜껑 보고도 놀란다고, 한번 사화를 입은 뒤로는 벼슬의 '벼' 자만 봐도 겁이 나고 재물의 '재' 자만 봐도 신물이 난다는 것이다. 일락당은 그의 증조부가 멸문지화를 피해 남원으로 숨어들었음을 상기시키려 든다. 그런데 그건 할아버지 때 이야기고 지금은 그런 때가 아니라는 이락당이다.

"그러면서도 담락당은 왜 벼슬자리에 내보내려 하는 거요?"

"그걸 나한테 물으면 어째? 그야 제 아내가 시켜서 하는 짓이지, 내가 하라 시킨 일이간?"

"그 집도 사화를 면치 못했던 집안인데 왜 그렇게 벼슬하기를 원하지요?"

"그야 먹고살기 고단하니까 그렇겠지."

이들의 이야기에는 시시콜콜 하나에서 열까지 피해의식에 젖어 있다. 멸문지화를 입은 집안의 후손들이라 그렇게 하는 게 살길이라는 이야기일 텐데 이제는 세월이 흘러 세상이 바뀌었으니 새로운 방도를 구해야 한다는 의지도 싹트고 있다.

"목구멍이 포도청이라지 않소. 그깟 양반 걷어치우고 돈 좀 벌어봅시다."

이락당은 현실적이다. 형의 그 기발한 생각을 공짜로 사겠단다.

"행여 나중에 나 돈 벌면, 그 돈 형님 머리에서 나온 돈이란 말은 하지 마쇼? 저 이락당, 이만 물러갑니다."

이락당은 언제나 명랑 쾌활하고 단순하다. 하지만 일락당은 집안의 장손이라 그런지 일마다 사사건건 따지고 들고 생각만 하지 실행에 옮길 생각은 하지 않는다. 한마디로 꽁생원이다. 그렇지만 퍼뜩퍼뜩 생각해내는 머리는 따를 자가 없다. 그 먼 거리에서 기왓장을 운반해 오는 것보다야 가까운 곳에서 기와를 만든다면 물류비용이 얼마나 절감될 것인가. 이거야말로 장사수완이다. 어차피 그 일을 돈내기로 떼내어 할 것이라면 만든 기와 운송해 오나 기와를 만들어 지입하나

매한가지다. 총감독을 맡아 일을 떼낸 이 대목의 재량일 것이다.

이락당은 이 일로 곧바로 셋째를 찾아간다. 어떤 일이 터졌을 때 올바른 판단을 내리는 데에는 담락당만 한 판단력이 없었기 때문이다. 이락당은 이번에는 사락당까지 함께 데리고 담락당을 찾았다. 어떤 일이 생겼을 때 형제들이 다 모여 의견을 나누고 결정하는 것은 형제간의 우애이기도 했지만 하씨 집안의 전통이기도 했다.

"마침 집에 있었구먼?"

"예, 이제 막 나가려던 참인데 잘 왔어요."

글공부를 위해 덕밀암으로 가려던 담락당은 형과 아우의 내방을 반겼다. 삼의당 역시 이들 형제의 우애를 기꺼이 생각해 차를 내온다. 목련꽃을 따 말렸다가 우려내 물처럼 마시는 꽃차다.

"모처럼 형제분들이 모였는데 술이 없어 어쩌지요?"

"술은 무슨 술이요? 우리가 지금 술 마실 형편이 됩니까."

이락당은 찾아온 목적을 이야기한다. 큰 돈벌이가 생겼는데 큰형의 의견은 이렇더라는 이야기를 다시 하는 이락당이다. 이야기를 잠자코 듣고 있던 담락당은 그거야말로 실사구시라며 대환영이다.

"그게 바로 지금 이 나라가 원하는 실사구시라는 거예요."

이제 양반입네 하는 생각 버리고 누구나 팔을 걷어붙이고 실용적인 일을 해야 잘살 수 있다는 명쾌한 답안이다. 담락당은 얼마 전 안의에 다녀온 이야기를 한다. 현감으로 내려온 연암 선생은 손수 팔을 걷어붙이고 허물어진 객사를 뜯어내 거처할 집을 짓더란 것이다.

"현감이란 분이 손수 일을 해?"

사락당의 이 말에 담락당은 잘 들으라며 이렇게 말한다.

"너도 장가들면 네 살 집은 네가 지어야 할 거다. 나도 이 집 내가 지어 분가 했잖니? 다 큰 애가 부모님께 의존하는 건 옳지 않아."

사락당은 형의 이 말에 힘입어 이렇게 말한다.

"이번에 기와공장 차리면 잘 배워두었다가 나는 기와집 지을 거야."

"그 봐, 그런 희망을 가져야지. 형은 너무 소심해서 탈이야."

이락당은 일락당 형의 소심함을 탓했다.

"형이야 집안의 장손이니까 집안 위신을 생각해야 하겠지요. 그렇지만 우리는 자유로울 수 있어요. 제사를 안 지내는 천주학쟁이들도 들어왔잖아요?"

"너 혹시 거기 빠져든 건 아니겠지? 윤지충이 참수당한 거 보면 몰라?"

이락당은 아예 천주학에는 빠져들지 말라 당부한다. 어디서 들었는지 수많은 순교자들이 생겼고 귀양 가는 사람들이 생겼다는 이야기를 한다.

"어제도 이 길로 귀양 가는 사람들이 지나갔어야."

그러니 또다시 집안멸문 당할 일 생겨선 안 된다는 당부다.

"아녀자가 끼어들 일은 아니지만 그런 염려는 안 하셔도 돼요. 우리는 공자님 가르치신 인·의·예·지, 유교 하나면 족해요."

삼의당이 불쑥 한마디 한다.

"이이는 두 분 시숙님들이나 도련님과 다른 생각 하나도 안 하니까요."

"그래야지요. 고맙습니다. 제수씨 집안이나 우리 집안이나 모두 화를 면치 못한 집안이 돼놔서 사사건건 이렇게 움츠러드는구만이라."

"아니어요. 집안 형편이야 저도 이이도 잘 알고 있으니까 걱정 마시어요. 절대로 도리에 어긋나는 일은 없을 테니까요."

도리에 어긋난다는 말은 천주학을 믿어 조상에 불충하는 일 없도록 하겠다는 말이겠다.

"그 문제에 대해서는 연암 현감께서도 시기상조라고 말씀하셨어요. 그분의 주변에 많은 사람들이 그쪽으로 경도되어 갔지만 사상은 굳건히 지켜 공맹을 근거로 실학을 주장하거든요."

"실학, 실학 하는데 그 실학이란 게 대체 뭐간?"

"말 그대로 실학이에요. 일테면 인월에서 만든 기왓장을 남원까지 실어 오자면 얼마나 많은 인력이 동원돼야 하겠어요? 그걸 남원에서 만들어 쓰는 편이 훨씬 효율적이지 않겠어요? 그게 실질적인 학문이고 실사구시라는 거예요."

"현실에 맞게 고쳐서 살자?"

"한 말로 그거지요. 현실에 맞춰 살자."

형제들이 진지한 이야기를 하는 동안 삼의당은 언제 만들어냈는지 후다닥 무전을 부쳐 내온다. 고소한 들기름 냄새가 풍겨 나오는 무전이다. 배고플 때 간식으로 최고인 무전이다. 무는 밭에서 뽑아내 오면 되고 들기름은 들깨 타작해 기름틀에 짜내면 될 농산가공물이다. 이제 이 신혼집에도 그 정도 살림살이가 갖추어졌다는 이야기겠다.

"언제 이런 걸 다 만들었어요? 형수님 솜씨는 알아줘야 해요. 형수님 음식은 꼭 우리 엄니가 만든 음식 맛하고 같아요."

사락당이 허겁지겁 뜨거운 무전을 집어 먹으며 하는 말에 삼의당은,

"그게 다 시어머님한테 배운 솜씨예요. 그러니까 도련님 입맛에도 맞는 거죠. 많이 드세요, 더 구워드릴게요."

하며 시어머니 곡성댁을 칭송한다. 이웃에 살면서 음식솜씨를 전수 받았다는 것이다. 그러니 시댁 식구들 입맛에도 맞을 수밖에 없다. 사락당은 뒤늦게 본 아들로 형들과는 나

이 터수가 좀 있어 아직 어린애다. 그런데도 꼭 도련님이라는 호칭을 붙이는 삼의당이다. 이러한 모습을 보는 것이 흐뭇한 담락당은 이왕 이렇게 모여 입축임을 하는 마당에 술이 없어서야 되겠느냐, 가서 일락당 형님도 모셔오고 어머님께 말씀드려 술도 한 주발 얻어 오라 한다.

"아우야, 어쩌겠니? 네가 일어나서 가야겠다."

담락당이 사락당에게 심부름을 시키자 삼의당이 나선다.

"아니요, 제가 한달음에 다녀오지요."

"그건 아니지. 당신이 가면 전은 누가 부쳐요?"

눈치 빠른 사락당이 형수를 대신해 자리를 박차고 일어선다.

"저 다녀오는 동안 무전 다 먹지 말고 남겨 둬요."

참으로 보기 좋은 광경이다.

"알겠어요. 도련님, 무전은 얼마든지 구우면 되니까 걱정 말고 다녀오세요."

그러면서도 실상은 기름도 떨어졌고 공부를 해야 하는 남편의 시간도 아까운 삼의당이다. 그렇지만 그 모든 것에 앞서는 것이 형제간의 우애라는 것을 다짐하며 앞집으로 기름을 꾸러 간다. 없을 땐 꾸어서라도 대접을 하는 것이 손님에 대한 도리다. 하지만 이러한 궁색함을 바깥일 하는 남편이 알아서는 안 된다. 안에서 하는 살림은 오로지 아내의 역할이다. 아내가 무슨 말인가. 안에서 일을 해낸다고 '안해'인 것이다. 살림의 궁핍을 탓해서는 안 될 일, 어떻게 해서든 '공구고 방구고 치대내야' 한다. 이게 안살림을 하는 안해의 역할이다. 그러나 궁한 티를 내보이지는 말 것, 삼의당은 뒷문을 이용해 들기름 한 종지를 꾸어 온다.

한참 후 일락당이 삽짝 문을 들어선다. 사락당이 제 맏형을 앞세웠다.

"아까 이야기했으면 됐지, 무슨 일로 또 사람을 오라 가라여?"

일락당은 한편으로는 기쁘면서도 번거로운 걸음을 한다는 듯 인기척을 낸다. 그 손에 벌써 술병이 들려 있다. 한 동네 가까이 사는 덕분이다. 일가친척들이 이웃해 사는 것도 복 중의 복이다.

"아이구, 벌써 술병까지 들고 오셨으면서 무슨 불만이셔요?"

이락당의 넉살에 일락당이 맞받아친다.

"이게 보통 술이냐? 약 할라고 담가놓은 말벌주다."

"그러니까 감기 들어 기침하는 담락당한테만 주려고 가지고 온 술이다? 어디 두고 보시지, 형은 안 마시나."

"감기 들어 기침하기야 나도 마찬가지거든?"

"그러니 형님도 한잔 하시겠다는 속셈 아니유? 그렇다면 이 몸도 감기기가 좀 있걸랑요?"

형제들끼리 주고받는 농담들을 들으며 이 정도라면 오늘

공부는 안 해도 되겠다고 생각하는 삼의당이다. 이래도 좋고 저래도 좋고, 가 아니라 이래도 좋게 만들고 저래도 좋게 만들자는 형제들이다. 오죽하면 그 호를 다 같이 '~락당'이라 붙였을 것인가. 이 집안의 가훈이 뭔가, 인간답게 즐겁게 살자. 즐거울 '낙' 자에 1 2 3 4 호수를 붙여 부르는 지락파(之樂派)들인 것이다. 거기다 더욱더 깊고 오지게 즐기겠다는 담락당이 제 남편인걸, 어찌 말릴 것인가. 저들이 맘껏 즐기며 오지게 놀 수 있도록 뒷바라지하는 것이 자신의 할 일이 아니겠는가? 형제들의 우의를 위하여 집안의 화평을 위하여 가족들의 평안을 위하여 몸과 마음을 다할 것을 다짐하며 받은 당호 '삼의당'이 아닌가. 그 이름값을 톡톡히 실행하는 순간이다. 모처럼만에 제 역할을 한다는 생각이다.

"내 기와공장 만들어 돈 벌면 제수씨 옷 한 벌 사드릴게요."

이락당의 말에 삼의당이 유쾌하게 응수한다.

"기와공장을 벌써 다 만들었어요?"

이번에는 사락당의 앳된 목소리다.

"하하, 형수님도 참. 형님의 농담이잖아요?"

"농담 아니야. 이 머릿속에는 벌써 광한루 지붕 위로 올라가는 기왓장이 훤히 보인다니까."

"그래 기와공장을 만들기로 아주 결정을 한 거냐?"

"들어보세요. 셋째 생각도 그거 할 만한 사업이라 하였거든요?"

이쯤에서 담락당이 끼어들어 훈수를 두어야 마땅할 텐데도 담락당은 아무 반응이 없다. 담락당은 두 형들 사이의 갈등이 무언지 이미 짐작하고 있다. 큰형은 체면이고 작은형은 실리일 터였다. 그런 일에는 결론이 있을 수가 없다. 오랜 관습과 현실의 싸움이다. 그렇다고 가만히 입 다물고 있을 수도 없을 노릇이다. 이럴 때 중용지도가 필요하다. 배운 학식은 지식으로만 남겨둘 것이 아니라 어떤 식으로든지 실생활에 응용해야 한다.

"형들 입장은 다 옳아. 그런데 지금 와서 사·농·공·상을 따질 때는 아닌 것 같아."

선비가 농사짓지 말라는 법도 없고 또 농민이 공업을 하지 말라는 법도 없으며 공업 하던 사람이 장사하지 말라는 법도 없다.

"그럼 우리더러 우리는 양반 뼈다귀를 타고났지만 돈이 없어 돈 벌러 왔다? 이렇게 선포하라고?"

"그게 뭐 어때서요? 양반이 밥 먹여주는 것도 아닌데."

이게 실질적인 학문이다.

"그러니까 서로 싸울 필요 없어요. 돈도 벌고 체면도 지키면 돼요."

"돈을 벌면서 체면을 지키는 건 뭔데?"

"양심의 저울대를 가지라는 것이지요. 연암 선생은 이미 그 문제를 '허생전'이라는 소설로 써 공표를 했어요."

담락당은 허생전 이야기를 한다,

"소설을 공표한다고 그게 현실이 되냐?"

"적어도 언표는 되겠죠."

"언표는 또 뭐냐?"

"말로 하는 포고문 같은 것이지요."

이제 실질적인 생활 태도를 가져야 한다는 담락당이다. 농자천하지대본이니까 농사일을 하면 하늘이 내려주는 밥은 먹고 살 수 있다. 그렇지만 돈을 벌자면 공산품을 만들거나 장사를 해야 한다. 기와를 만들어 광한루를 짓는 데 쓴다면 이는 결코 장사만 하는 게 아니다. 나라를 위해 하는 일이다.

"우국충정이 따로 있겠어요?"

공산품을 만들어 관청을 짓는 일에 보탬이 된다면, 그래서 경비를 줄일 수 있다면, 나라 살림에 보탬을 주는 일이고, 이야말로 백성이 할 기본 도리다. 나랏돈이나 빼먹으려고 혈안이 된 세상에 나랏돈을 절약하는 기발한 생각을 해냈다면 이게 바로 양심 있는 양반이 할 일이다. 여기에 양반 체면 따위를 내세울 이유는 없을 일이다.

담락당의 말은 여기까지였다.

"그러니까 아우 말이 맞아. 요행스럽게도 이 대목이야말로 큰 목수잖아? 공사 일을 전부 총감독하는 자리라고."

마침 그런 큰일을 맡은 분이 처삼촌이라는 이락당이다.

"그러면 그 일이 거저 얻어진 일이 아니란 말이네요?"

"그렇지. 그런 큰 공사는 아무한테나 떨어지는 일이 아니야. 기회라고요."

이거야말로 하늘이 내린 기회이니까 제발 아무 말 말아달라는 이락당이다. 아버지 알면 큰일 난다.

"저는 아무 말 안 할래요. 저도 그 일 할래요."

사락당도 한몫 거들겠단다.

"아우는 아직 어려서 안 돼."

"왜요? 나도 힘은 장골이야요."

"넌 이제 막 서당에 들어가지 않았니?"

"담락당 형도 서당 치우고 절간으로 들어가잖아요? 새로 온 서당 훈장, 그 성질머리하곤, 더럽거든요? 공부는 안 가르치고 맨날 엉뚱한 이야기뿐이거든요."

훈장에 대한 성토가 이어지자 담락당이 말을 끊는다.

"그래, 공부는 하기 싫으면 하지 않아도 돼. 그렇지만 스승에 대한 욕질은 그만해. 스승은 그림자도 밟지 않는다 했다."

이번에 온 훈장이 말은 그렇게 엉뚱한 듯해도 연암 선생과 친분이 있는 것으로 보아 보통 사람이 아니란 걸 알았다는 담락당이다.

"그래, 쓴다는 소설은 다 썼냐?"

일락당이 처음으로 동생에게 하는 질문이다.

"소설이 그게 하루아침에 쓰고 말고 할 일입니까?"

글 쓰는 일은 평생을 두고 할 일인지라 시작도 끝도 있을
수 없다는 이야기다.

"그렇게 끝없는 공부를 왜 해? 소설 써 돈 번 사람은 있
니?"

이락당의 말이다.

"소설은 돈 벌려고 쓰는 게 아니거든?"

"그러면 왜 써?"

돈도 안 되는 그딴 걸 왜 하느냔 이락당이다. 학문은 돈을
위해서 하는 게 아니라는 이야기를 사락당이 한다.

"우리 훈장 선생님이 그러시는데 글은 돈 때문에 쓰는 게
아니랬어. 벼슬도 관직도 나라를 위해 하는 일이지 녹봉만
바라보고 해선 안 된다 했어."

"그러면 왜 해? 공부해 벼슬길에 나가 녹봉을 받으면 그게
그거 아냐?"

"공자님 말씀이 '시 삼백 편이면 사무사라, 생각함에 사특
함이 사라진다'라고 하셨거든?"

"얼씨구, 둘이 똑같은 스승 밑에서 잘도 배웠네. 사특함이
있으면 어떻고 없으면 어떤데? 세상이 온통 도둑놈들뿐인데
글 배워 돈 안 되는 일이라면 그거 다 무용지물 아니야?"

"이락당 형이나 기와공장 해서 돈 많이 벌어. 난 이제 기와
공장 일 안 할 거야. 자꾸 그렇게 돈만 밝히면…."

금세 또 토라지는 사락당이다.

"얼씨구. 누가 너한테 일 떼준다 했냐? 떡 줄 사람은 생각도 않는데 김칫국물부터 먼저 마시네?"

형제들의 유쾌한 말씨름을 보며 삼의당은 정말 좋은 집안이라는 생각을 한다. 형제들이 많으니 저런 입싸움도 하고 사업구상도 할 수 있다. 그런 면에서 자기 친정 쪽으로는 사람이 귀하다. 겨우 하나 남아 있던 언니조차 시집을 가 집안은 노부모 둘이서 기거할 뿐 빈집이나 다름없다. 집안이 번성하자면 아이를 많이 낳아 길러야 한다. 그러면서 아랫배를 은근히 쓸어보는 삼의당이다. 태동이 느껴질 때마다 버릇처럼 쓸어보는 아랫배이지만 이날따라 더욱 묵직하게 느껴진다.

"도련님은 하던 공부나 마저 하세요. 두 마리 토끼를 한꺼번에 잡을 수는 없지 않겠어요?"

"형수님도 그렇게 생각하세요?"

"그럼요. 무언가 얻고 싶으면 다른 하나는 버려야 하지요. 욕심이 지나치면 손에 든 것도 놓쳐요."

삼의당은 담락당에게 할 말을 도련님에게 빗대어 말한다. 공부할 사람은 공부하고 돈 벌 사람은 돈 벌고 각자 할 일을 해야 한다는 이야기겠다.

"형제들이 티격태격하는 모습이 참 보기 좋네요."

이 시대에 이렇듯 자유분방한 여인이 또 있을 것인가.

5
꿈속의 꿈

교룡산 덕밀암에 들어온 담락당은 일심으로 공부에 매달렸다. 마침 공부방이 따로 있어 그 누구의 간섭도 없이 책을 읽고 명상에 잠기고 글도 쓸 수 있는 좋은 환경이다. 이 모든 여건 조성이 삼의당의 품삯에 의지한 것임을 알고 있는 담락당은 한시라도 허튼 생각을 할 수 없었다. 아내의 정성을 생각한다면 이번 과거시험에는 꼭 붙어야 한다. 이미 한번 치러본 경험이 있는 담락당이다. 그러니 시험 요령도 생겼다.

과거시험은 주로 유교 경전에 대해 물어보는 문제와 정책을 논술하는 두 가지로 나누어진다. 지난번에는 경전에 대한 문제를 택했다가 실패를 했다. 이번에는 정책 논술을 택하리란 계산이다. 문장력이 있으니 아무래도 이 편이 더 유리할 것이다. 그렇다면 현시대를 잘 파악해야 한다. 지금이 어느 때인가. 새로운 학풍이 몰아쳐 오고 있는 중이다. 북학파들이 이를 외치고 임금님도 이를 수용하고 있는 분위기이다. 그렇다면 이를 옹호하는 논지를 펴면 될 일이다. 사서삼경을 외우고 온갖 잡다한 사람들의 사상이나 학문을 두루 섭렵하지 않아도 된다. 자기주장을 펴면 되는 정책 논술이라면 얼마든지 해낼 수 있을 것 같은 담락당이다.

담락당은 장원급제를 해서 어사화를 장식하는 꿈을 꾼다. 그런데 자꾸만 장유자가 나타나 이를 훼방한다. 도마 위에 오르기 직전의 비늘 벗겨진 잉어가 나타나고 죽음 직전에 겨우 살아난 용 한 마리가 그야말로 용을 쓰는 모습으로 발버둥 치듯 용틀임을 하는 용담의 황룡으로 나타난다. 뒤이어 청룡이 또 한 마리 현현한다. 저들이 인간으로 화해 두 사람이 만나 부부로 탄생했다면, 전설 같은 이야기의 주인공이 자기 자신이라면….

그런데 왜 하필이면 교룡산인가, 교룡산은 여의주를 물 수 없는 이무기들의 소굴이 아닌가. 게다가 교룡산성은 수많은 병사들의 원혼이 사무친 곳이다. 무엇 때문에 여기다가 공부방을 마련했을 것인가. 무슨 까닭이 있을 것인가 아니면 우연히 그렇게 된 것인가. 아무래도 아내의 선택이 잘못된 것 같다는 생각이다. 이런저런 쓸데없는 망상이 한번 들이닥치면 떨쳐낼 수가 없다. 마치 목에 걸린 가시처럼 밤마다 숨통을 조르고 딸꾹질을 하게 만든다. 때로는 악몽을 꾸고 벌떡 자리에서 일어나 앉는 때도 있다. 이렇게 되면 뭐가 현실이고

뭐가 허상인지를 모르겠다. 마치 몽유병자 된 것 같다. 그럴 때면,

'돈오돈수'

저 신라 고승 원효를 떠올리며 가부좌를 틀고 고쳐 앉는다.

원효는 의상과 함께 당나라 유학길에 올라 어느 날 해골바가지 물을 마시고 다음 날 아침에 문득 도를 깨친다. 간밤에 목이 말라 마신 물이 해골바가지 안에 든 빗물로서, 모르고 마실 때는 괜찮았는데 다음 날 아침 날이 밝고 그것이 해골바가지 물임을 알아보는 순간 소스라쳐 놀라 간밤에 먹은 것을 토해버린다. 모르면 약이고 알면 병이라는 이야기가 여기서 나온 말이다. 모든 건 생각하기 나름이다. 그렇게 갑자기 깨우침을 얻은 원효는 유학길을 그만두고 돌아와 한자와는 다른 신라문자 이두를 만든 설총을 낳는다. 불가에서 본다면 파계승이지만 이 이두라는 문자가 언문이라 불리는 한글의 근간이 되었음은 물론이다. 파계가 낳은 또 하나의 이룸이다. 파괴가 있어야 건설이 있다.

담락당은 문득 한글 소설에 주목한다. 소설은 아무래도 아녀자들이 더 즐겨 읽는 글이다. 춘향전이나 심청전, 박씨전, 장끼전 같은 소설류는 안방 문학이다. 안방에서는 아무래도 한문보다는 언문이 대세다. 소설을 잘 읽지 않는 사랑방에서나 어려운 한자를 공부하고 사서를 논하지 안방 사람들

은 언문에 소학 정도이다. 그렇다면 보다 많은 독자 확보를 위해선 언문 소설이 나와야 한다. 나라말씀을 창제한 세종대왕께서도 누구나 쉽게 익히고 배울 수 있는 언문을 권장하셨다. 그런데도 언문을 아녀자들의 글이라 비하하고 어려운 한자를 사용하는 양반네들이다. 지금까지 읽어온 금오신화나 열하일기에 들어 있는 소설들이 한문으로 쓰였기 때문에 안방 독자를 확보하지 못했던 것인데, 막상 그 글을 쓴 작가들은 그 생각을 하지 못했다. 글은 써 책이 되어야 하고 책은 읽혀야 한다.

담락당은 문득 언문 소설을 떠올린다.

이미 전조 고려시대부터 활판인쇄가 시작되었고 대량 출판물이 가능해졌다. 출판이야말로 책을 보급할 수 있는 가장 손쉬운 방법이다. 출판할 돈이 없어 필사본이 나돌지만, 돈만 있다면 대량으로 유통할 수 있는 책도 인쇄기로 찍어낼 수 있다. 이미 불경이나 족보, 서당에 배포되는 책들은 활판인쇄물로 대량 유통된다. 소설이라면, 누구나 읽고 즐길 수 있는 소설책이라면 출판도 가능하다. 그는 이제 전업 작가를 생각해내고 있다. 문필업을 생각해내고 있는 것이다. 글을 써 글로써 돈을 번다. 한글로 소설을 써 안방을 점령한다는 꿈이다. 갑자기 눈앞이 밝아오는 느낌이다. 희망찬 꿈이다.

그러나 천천히 깨닫는 깨달음도 있다.

'돈오점수'

이에 비하면 깨달음을 천천히 얻은 의상대사의 이야기도 있다. 깨달음은 공부와 수행을 통해 천천히 얻는 돈오점수와 한순간에 얻는 깨달음인 돈오돈수가 있다. 어느 길을 가든 깨달음의 진실은 똑같다. 모든 깨달음은 가슴으로 시작해 가슴으로 돌아온다. 깨달음이란 무엇이며 무엇을 깨닫는단 말인가. 마음의 안정을 찾는 일이다. 마음이 안정되면 보고 듣는 것이 평정된다. 이 흔들림 없음이 최고, 최상의 상태다. 이 상태는 진실과 진리에서만 찾을 수 있다. 진리는 어디에 있는가. 거짓 없는 정의다. 치우침이 없어야 한다. 강물이 양쪽 둑길 안으로만 흐르듯 선과 악의 사이, 어둠과 빛 사이, 높고 낮음 사이에 처해야 한다. 중도의 입장이다. 어느 한쪽으로 치우치면 기울게 된다. 악하건 선하건, 아름답건 추하건, 많건 적건, 어느 한쪽으로 치우치면 공정하게 느끼거나 바라볼 수 없다. 이 바라봄과 느낌의 안정을 위해 수양을 쌓는 것이고 공부란 결국 이 수양을 쌓는 일에 다름 아니다. 오랜 경륜과 사색으로써 얻은 의상의 깨달음이다. 중도다. 불교의 원리다. 결국 마음의 평정에다가 저울추를 놓는 것이다.

담락당은 마음의 흔들림을 본다. 흔들림은 이윽고 또 다른 물결을 이루게 만들고 그 물결은 아득히 끝 간 데 없는 곳으로 흘러간다. 집중을 해야 할 때인데, 집중을 해서 글공부를 해야 할 때인데 마음의 물결이 산산이 부서져 반짝거리는 윤슬을 이룬다. 집중이 되지 않는 상태에선 글을 읽어도 글을 써도 소용이 없다. 잡다한 생각들을 한군데로 모으자면 눈을 감고 단전에 힘을 모아 흩어지는 기를 붙잡아 매야 한다. 지금 마음을 미혹시키는 이 일련의 공상들은 자신을 시험하고 있는 마구니들의 장난질이다. 그렇지 않고서야 무슨 잡념이 이렇듯 기승을 부릴 것인가. 이 사소한 마구니들부터 떨쳐내야 한다. 공부에 방해가 되는 훼방꾼들을 제거해야 한다. 그렇지만 새로운 소설을 구상하는 이것도 마구니들에 해당될 것인가? 소설은 상상에서 나온다. 소설을 구상하기 위한 상상조차도 경계해야 할 것인가. 그렇다면 어디까지가 소설에 필요한 상상이고 어디까지가 망상일 것인가. 공상에는 망상과 상상이 있다. 망상은 어둠으로 끌려들어 가는 생각이요 상상은 밝은 곳으로 나아가는 길이다. 이 둘을 단단히 구분짓지 않으면 안 된다.

담락당은 망상과 상상 속을 헤매는 자신을 발견한다. 이렇게 되면 공부하기는 또 글렀다. 차라리 내려가 집안일을 돌보거나 집에 앉아 소설을 쓰는 게 더 나을지도 모른다. 그렇게 된다면 절에 낼 하숙비는 절감될 수 있지 않겠는가. 절에선 하숙비를 안 받는다하지만 공양 시줏돈이 하숙비를 웃도는 게 사실이다. 서로 체면상 하숙비라는 말은 못 하고 주고받는 돈이지만 분명히 공짜는 아니다. 그것도 미리 선불로 주고받는 것을 그는 보았다. 아내는 거금에 해당하는 시주를 하고 갔다.

"머무는 동안 부족한 게 있으면 언제라도 말씀해 주세요."

말은 이렇게 했지만 그 말을 들은 암주는 이미 뒤돌아선 뒤였고, 공양주는 아쉬워하며 남겨둔 자를 뒤로하고 하산해 버렸다. 남은 건 객방 하숙생뿐이다. 남은 하숙생이 이렇듯 잡다하게 얽힌 망상들로 시달리는 것은 따지고 보면 배가 고파서가 아닌지 모르겠다. 그러고 보니 공양한 지가 벌써 한 식경이 지나 해가 이미 어둑어둑해지고 있는 중이다. 봉창이 없는 객방은 이미 어둠이 쌓일 즈음이다.

그는 일단 바깥으로 나가 동정을 살피기로 한다.

삐끗거리는 소리가 나는 객방 문을 밀치고 밖으로 나온다. 스님 한 분이 절 마당을 돌고 있는 게 보인다. 스님은 낯선 사람이 나와도 아무 내색을 하지 않고 그냥 절 마당을 왔다 갔다 하며 돌고 있다. 마당에 탑이라도 있었으면 탑돌이를 한다 하겠지만 그런 것도 없는 이 마당에서 무슨 빈 마당을 돌고 있을 것인가. 그런데 걷는 걸음에 무슨 규칙이 있는 듯하다. 이는 분명 절에서 행하는 무슨 의식인 듯, 자세히 보니 무작정 마당을 도는 것이 아니라 이리 돌고 저리 도는 모습이 일정한 길이 나 있는 밑그림을 따라 도는 것이 분명하다. 자세히 보니 마당에 바둑판같이 그려진 금줄이 있다.

'아하, 법계도로군.'

54번을 꺾어 도는 법계도다. 때로는 갔던 길을 되돌아 걷기도 하고 때로는 입 구(口) 자로 혹은 날 일(日) 자로 또 때로는 밭 전(田) 자를 그려가며 도는 길이다. 하지만 결국엔 처음 출발했던 자리로 나가게 되는 미로다. 법계도는 의상대사가 당나라 유학 시절에 화엄사상을 요약한 210자 7언 30구의 노래 글귀를 만(卍) 자를 발전시킨 도안에 써넣은 글이라 해 법계도 혹은 해인도라 하기도 했다.

사람이 와도 아무런 내색도 없이 두 손을 모으고 걷는 스님의 모습이 너무나 진지하다. 무념무상의 경지다.

담락당은 문득 심술이 나,

"스님, 저녁은 언제 먹어요?"

그를 막아서며 물었다.

"아, 저녁 말씀입니까?"

"예, 저녁이요."

"저녁은 이미 해가 졌으니 저녁이고 저녁공양은 공양간에서 하지 않을까요?"

자기도 객이라서 잘 모르겠다 한다. 순간 담락당은 한 대 얻어맞은 느낌이 들었다. 그렇다, 저녁시간과 저녁공양은 다르다. 달라도 분명히 다른 말이다. 이 말을 구분도 못 하면서 어찌 글을 쓴다 할 것인가. 저녁과 저녁밥은 구분되어야 마땅하다. 글은 말의 집합체다. 시(詩)가 말씀(言)의 사원(寺)이라면, 그 말씀이 절간의 경전처럼 엄전해야 한다는 뜻이다. 소설은 말씀(言)이 모여 만든 이야기(說), 즉 말씀의 서술이다. 말씀을 서술함에 있어 그 말씀이 정확해야 함은 기본이다. 그래야 뜻이 전달된다. 정확해야 할뿐더러 말씀 언(言) 변에 기쁠 태(兌) 자가 합한 글자인 만큼 누군가가 입을 크게 벌려 웃으며 이야기해야 한다는 뜻이 글자 속에 숨어 있다. 이게 상형문자인 한자어로 풀어 보는 소설의 뜻이다. 그러니까 결론적으로 소설은 즐거운 이야기라는 뜻이겠다. 간담이 서늘해지는 순간이다. 깨우침은 이렇듯 예기치 못한 곳에서 느닷없이 다가온다. 들을 수 있는 귀만 있다면, 보고 싶은 눈만 있다면, 듣고 볼 준비만 돼 있다면 도처에 선생이 기다리고 있다.

"예, 스님. 잘 알겠습니다."

스님의 '스'는 중을 일컫는 한자말의 '승(僧)'이라는 말일 테고, 이를 높여 부르는 '님' 자를 붙여 스님이라 하는 이것, 이 자체가 바로 말 만들기인 것이다. 소설가는 말 만드는 일을 전업으로 하는 사람이다. 그는 속으로 이렇게 되뇌며 스님을 따라 한바탕 마당을 돈다. 스님은 뭐 이런 별 미친놈이 다 있나 하는 생각을 했겠지만, 잠자코 자기 앞길만 찾아간다. 이것도 수행의 일종이다. 언젠가 들은 적이 있다. 법계도를 법성도 혹은 법성계도라 하여 이를 지니기만 해도 재앙이 침범하지 못한다. 하물며 법계도를 마음속에 그려놓고 그 길을 따라 걷는다면 그 어떤 일을 당해도 미혹당할 리 없다는 것이다.

법계도는 들어간 문으로 나오게 돼 있지만 그 새중간은 미로처럼 얽히고설켜 도저히 빠져나올 수 없는 미궁이 된다. 하여 저 옛날 전쟁터에서 진지구축을 하는 데에도 응용되었다고 한다. 일단 한번 걸려들기만 하면 나갈 길을 찾지 못해 죽음을 맞고 마는 함정이기도 하다. 마치 거미줄에 걸린 곤충들처럼 헤어날 수가 없는 암거들이 이 그림 속에 숨어 있다. 인간은 누구나 자기 함정에 빠지기 쉽다. 인간이 가진 함정은 자기 교만이다. 이 교만을 이기기 위해 마음속 법계도를 그려놓고 돌고 있는 스님이라면, 이야기를 나눠 손해 날 일이 없는 인품의 소지자일 것이다.

인간의 본성은 선하다. 세상을 살다 보니 나쁜 물이 들어 악하게 되었다. 악이 물들기 이전의 인간 본래 모습을 성性이라 했다. 선함 그 자체다. 이 성은 차츰 기운을 얻어 정情을 낳는다. 이를 성정이라 한다. 성정머리라 함은 인간본성인 성이 봄기운을 얻어 파릇파릇한 싹이 나듯 새로운 기운이 돋아나는 모양을 말함이다. 이럴 때가 마음이 따뜻하고 안정적이고 행복을 느끼는 때다.

그러나 언제부턴가 세파에 시달리게 되고 이 성정머리를 잃어버려 악의 성질이 침투하게 된다. 인간의 마음속에는 언제나 이 두 기운이 서로 공존하며 다툰다. 이들은 기력이 똑같아서 한번은 선이 이기고 한번은 악이 이기고를 되풀이한다. 지금처럼 괜한 사람에게 심통을 부려 엉뚱한 질문을 해 다른 사람을 곤란하게 하는 건 기氣가 성성할 때라 그렇다.

이를 눌러 가라앉히는 기운을 이쾤라 한다. 이 이와 기는 하나이면서 둘이고 둘이면서 하나이므로 따로 떼내어 볼 수가 없다. 이 이와 기는 어느 게 먼저이고 어느 게 나중인지 그 발로의 순서조차도 분명치 않다. 다만 이를 제일 먼저 이야기한 주자의 주장을 주자학이라 하고, 조선도 후대로 내려오면서부터는 주자학 또는 성리학이라 불리는 이 사상이 국가의 대명제가 돼버려 국교로 삼았던 유교조차도 멀리 가버렸다. '이'가 먼저니 '기'가 먼저니 '이·기'가 서로 화합하느니 안 하느니…, 서로 다른 사상과 주의주장이 국론을 분열시켜버렸다. 이 분열된 국론을 다시 하나로 뭉치려고 노력을 하고 있는 새 학풍이 북학파들의 움직임이다.

고려가 국교를 불교로 삼았던 데 비해 이씨조선은 인의예지를 골간으로 하는 유교를 국시로 내세워 불교를 탄압하였다. 그러나 이씨조선도 후대로 내려오면서는 그렇게 금기시했던 불교가 되살아나기 시작하였고 유교조차도 멀리하고 성리학을 근간으로 하는 주자의 추종자들이 득세를 하고 일어났다. 이씨조선을 통틀어 명현이라고 부르던 학자들이 한결같이 내세워 싸우던 학문이 이와 기의 싸움이었다. 이가 먼저니 기가 먼저니 아니면 둘이 함께 일어나느니 하는 '귀신 씻나락 까먹는' 학풍의 싸움들이었던 것이다.

이제 과거시험을 보러 가야 하는 수험생들은 어느 장단에 맞춰 춤을 춰야 할지 알 수가 없다. 시험을 채점하는 감독관이 불교도인지 유교도인지 성리학을 주장하는 학자인지를 알 수가 없기 때문이다. 그러니 공부를 아무리 잘해도 소용이 없을 일이다. 누구 입맛에 맞게 답안을 작성해야 할 것인지를 알 수가 없기 때문이다. 공부를 안 하고 몰라서가 아니라 채점관의 취향을 몰라서라면 분명 문제가 있는 시험이다. 정조임금은 이러한 폐단을 잘 알고 있었으므로 시험 없이도 인재를 채용했다. 연암 박지원 같은 이가 안의 현감으로 내려온 것도 그러한 새바람의 여파다.

담락당은 이미 그러한 현실 세계를 보고 온 사람이다. 한양에서 듣고 본 바로는 분명 새로운 문물이 들어오고 실학파가 성공한 듯했지만 아직 실세는 그게 아니었던 고로, 개방적인 답안을 작성해 신진문물을 받아들여야 할 것이라는 그의 논지는 여지없이 낙방의 고배를 마셨던 것이다. 임금 자신은 실학파의 의견을 수렴해 새로운 개방정책을 쓰려 했다지만 요소요소에 박혀 있는 훈구파들에게는 어림 반 푼어치도 없는 소리였다. 실사구시는커녕 아직도 이기론에 목매달고 있는 관료들로서는 이 새로운 젊은이를 받아들일 준비가 전혀 안 돼 있었다.

담락당은 법계도를 돌며 이미 빠져나갈 수 없는 미로 속에 들어와 있는 자신을 발견한다. 제갈공명은 천기를 읽고 이 법계도와 같은 암거를 이용한 진지구축을 여러 수십 가지 구사할 수 있었지만 천하통일을 이루지는 못했다. 거기까지가 그의 운명이었던 것처럼 담락당도 자신의 운명을 들여다보고 읽기까지는 한다. 그러나 한 발자국도 더 나아갈 길은 알 수가 없다. 그가 아무리 용의 기운을 타고났다 할지라도 자신의 운명을 미리 알거나 바꾸거나 할 수는 없을 일, 이는 오로지 천기에 해당하기 때문이다. 이것이 사주팔자요 운명이다. 하면 주어진 시간을 살아낼 수밖에 별 도리가 없지 않은가. 법계도를 돌면 돌수록 뒤엉키는 사념들이다. 그는 그만 중도폐하고 만다.

"한번 들어서면 출구를 찾아 정상적으로 나와야 되는데 어찌하여 중도에서 포기하고 길을 이탈하십니까?"

성공적으로 출구를 찾아 나온 스님이 하는 말이다. 그의 앞이마에 땀이 젖어 있다. 손이 찰 만큼 쌀쌀한 날씨인데 이마에 땀이 젖었다면 힘든 싸움을 한 것이 분명하다.

"스님께서는 매번 이렇게 출구 찾기에 성공하십니까?"

"아니요. 시주님께서 실패하는 걸 보고 제 갈 길을 찾았습니다."

"내가 실패하는 걸 보고 갈 길을 찾았다니요?"

스님은 담락당이 가던 길을 되돌아서 다른 길로 갈 때 그 길이 아님을 알아차렸다는 것이다. 한 사람의 실패는 또 다른 사람의 길라잡이가 될 수 있다. 남의 실패를 타산지석으로 삼을 수 있는 지혜만 있다면 다른 사람이 막다른 길에 처해 있는 걸 보고도 그 길로 갈 사람은 없을 것이다. 반면교사다. 그 길을 피하면 되는 것이다. 어차피 길은 가거나 돌아서거나 둘 중 하나다. 남이 빠진 길을 가는 사람은 어리석은 사람이다. 보고도 못 믿는 것은 바보 등신이나 하는 짓이다.

"아까 시주님께서는 되돌아가야 할 막다른 길에서 돌아서지 않고 그대로 가다 막다른 길에 봉착했지요. 돌아설 때 돌아서야 하는데 그걸 안 한 겁니다."

"그게 고집인가요?"

"어리석음이지요. 전진을 위한 후퇴도 있는데 앞만 고집하는 거죠."

두 사람은 어느덧 산문 앞에 이를 때까지 이런저런 이야기를 나누며 걷고 있었다. 뻐꾸기가 울고 있었다.

"저 새가 뭣이라 우는지 들어보셨어요?"

스님이 물었다.

"뻐꾸기가 아닌가요?"

"새 이름을 물은 게 아니라 그 울음소리를 물은 겁니다."

"파촉에서 온 새라고 '파촉, 파촉' 한다 하지 않았던가요."

"어떤 사람들은 저 새 울음을 두고 '불씨 없어서, 불씨 없어서' 하고 운다 합니다. 시집온 며느리가 불씨를 꺼뜨렸다고 구박을 받다가 죽은 며느리의 한이 서려 있는 새라 하기도 하지요."

이처럼 듣는 이의 귀에 따라 달리 들리는 소리가 바로 말이다. 다 같은 말이라도 '아' 다르고 '어' 다르다. 풀잎이 어떤 데는 약이 되고 또 어떤 데는 독이 되듯 사람의 말이나 글도 때에 따라 달리 들린다. 내가 한 말도, 내가 쓴 글도 시시때때로 그 의미를 달리한다. 더군다나 글은 읽는 이의 마음에 따라 달라질 수 있다. 말은 행동이나 말하는 사람의 표정을 보고 있으므로 짐작이라도 가지만 글은 글자만 있을 뿐, 글 쓴 사람의 마음까지 읽어낼 수는 없다는 것이다. 그때의 글은 기호에 지나지 않는다. 그 행간을 읽어내야 글 속의 참뜻을 알 수 있다. 두 사람은 어쩌다 이런 이야기들을 하고 있다. 마치 담락당이 소설가의 꿈을 가지고 들어온 사람임을 아는 것처럼.

담락당이 묻는다.

"스님께서는 이심전심이란 걸 믿으십니까?"

"기도가 지극정성이면 상달 된다는 이야기는 어디선가 들었습니다."

담락당은 무언가 서로 통한다는 느낌을 받는다는 이야기를 한다.

"그래, 무슨 일로 집 떠나 이곳에 오게 됐습니까?"

"과시를 준비하고 있습니다."

그러나 담락당은 시험 공부보다는 소설 공부가 더 하고 싶다고 한다. 스님은 지나가는 말처럼 '소설이라면 이 교룡산으로 올라올 것이 아니라 저 건너편에 있는 노적봉 아래로 내려갔으면 물을 얻었을 것'이라는 막연한 이야기를 한다.

노적봉은 이야기의 꿀단지로, 언젠가 누군가 그 꿀송이를 따 세상 사람들에게 두루 나눠줄 것이란 알쏭달쏭한 이야기를 한다.

"터라는 게 있지요. 어디서 노느냐에 따라 미꾸라지도 되고 용도 된다는 말이 있잖습니까?"

그러면서 하는 말이,

"소설가의 일은 당대를 위해서 하는 일이 아닐 텐데요."

한다. 장차 태어날 그분의 노적봉 이야기나 교룡산에서 지금 애타게 소설을 갈구하는 사람이나 당대에 그 수확을 얻기 위해 하는 일은 아니란 이야기다. 스님은 마치 소설가의 운명을 이야기하는 것 같은 선문답을 한다.

두 사람은 산문 아래까지 나란히 걸으며 여러 가지 이야기를 나누었다.

"그런데 시주님, 시주님께서는 매일매일 사람들이 귀양 가고 죽어 나가는 이 판국에 소설이란 걸 써 뭘 하며 누가 그런 걸 읽는다고 생각하세요?"

"아무리 시시하고 소소한 이야기라도 그 이야기를 듣고 즐기는 사람이 있지 않을까요?"

담락당 역시 선문답 같은 반어법을 썼다. 그 한 사람의 독자를 위해 글을 쓰겠다는 것이다. 책이란 두고두고 남아서 언젠가 누군가에게 읽히게 될 것이라는 희망이다. 지금 우리가 알고 깨닫고 실행하기를 바라는 이 모든 지혜도 선인들의 책에서 얻어진 지식이 아닌가.

"그건 그러네요."

"우리는 서로 이야기가 잘 통하는 것 같아요."

"시절인연이란 게 원래 그런 거지요. 그런데 시주님께서는 운명을 믿나요?"

"모르겠어요. 그런 게 있는지 없는지는 모르겠지만 제 인생에 있어 이 교룡산과 얽힌 인연이 있다는 이야긴 들었어요."

"그 이야기라는 게 황룡과 청룡이 함께 놀았단 용담 이야기던가요?"

"스님이 어떻게?"

"어떻게 그런 이야기를 알고 있느냐고요?"

하늘에는 천기가 있고 땅에는 소문이 있다 한다. 입에서 입으로 전해지는 소문 중 그럴듯한 소문은 남아 구전설화가 된다.

"덕밀암은 그분을 모시기 위해 만들어진 절집이랍니다. 이제 그분을 뵈셨으니 그분이 그 일을 하도록 돕는 게 소승의 소임입니다."

스님은 갑자기 담락당 앞에 머리를 숙이며 자신은 천시원(天市垣)에서 내려온 자로 당신의 심부름꾼이요 마중물이라는 이야기를 한다.

"이게 무슨 황망한 말씀이십니까?"

스님은 이미 정해진 일이고 부탁을 받은 일이니, 작가께서는 아무런 부담도 갖지 말라는 이야길 거듭한다. 이제는 아예 시주에서 작가로 그 호칭조차 바꾸어 부른다. 마치 구운몽이나 홍루몽 같은 소설 속 장면 같다.

"작가께서는 여기 계시는 동안 아무런 생각 말고 글이나 쓰시면 됩니다."

"내가 작가라면 대체 무슨 글을 써야 한단 말이요?"

"여기가 어디요?"

"교룡산 아닌가요?"

"교룡산에 들어와 있으니 교룡 이야기를 쓰라는 계시가 아니겠어요?"

그러면서 또다시 읍소를 하는 스님을 만류하려다가 그는 설핏 잠에서 깨어났다. 산성을 한 바퀴 돌아보느라 피곤했던지 잠시 낮잠이 들었던 모양이다. 깨고 나도 개운치 않은 느낌의 꿈이다. 그런데 이상하게도 산정에서 바라보았던 노적봉이 선명하게 다시 떠오른다.

꿈은 꾸고 나서 금방 잊어버리는 게 있고 오래도록 남는 게 있다. 그리고 이야기 자체는 다 잊어버리고 몇 가지 말만 남는 경우도 있다. 이번 꿈은 깨어나자마자 다 잊어버리는 꿈이었고 그중 한 단어, '계시'에 따라 '선택'된 사람들이라는 말만 남아 입속을 맴돌고 있다. 정말 계시가 있었던 것일까? 여기서 그는 또 한 번의 기시감을 느낀다. 언젠가도 이와 같은 일이 일어났었던 것 같은 착각이다. 그게 착각인지 사실인지 알 수 없는 미확인된 사실이지만 지금 들은 꿈 이야기가 현실이었다는 건 사실이다. 이 미확인된 일이 거푸 일어나면 그건 사실이다. 이게 바로 장자가 말한 호접몽이 아닐 것인가. 그는 벌써 몇 번째나 호접몽에 들고 나는 현실과 환상의 경계점을 헤매고 있다.

"스님께서도 꿈을 꾸시나요?"

"꿈이야 누구나 꾸지요. 중이라고 어디 꿈조차 안 꾸겠어요?"

그는 아무도 없는 빈방에서 혼자 주고받는 말을 하고 있다. 이때 문밖에서 인기척이 들리더니,

"공양 시간입니다"

하는 소리가 들렸다.

나가 보니 사람은 없고 바람이 지나갈 뿐이다. 공양 시간을 알린 스님은 저만큼 앞서 걸어가고 있었다. 절에는 시동이 없는데 이상하게도 공양 시간을 알리는 어린 동자 스님이 있다.

"어험, 어험."

담락당은 일부러 헛기침을 해 인기척을 낸 뒤 공양간으로 들어선다. 본래는 밥을 먹는 공양간이 따로 없는 절집인데 공양간이 있다. 공양간에 들어서니 낯선 스님이 한 분 앉아 있는게 눈에 들어온다. 모두 흰옷을 입었는데 황토색 장삼을

기워 입은 누더기 스님이다. 꿈에서 본 그 스님과 흡사했는데 모두 잠자코 묵언 중에 하는 식사라 말을 붙일 수가 없다. 그도 아무 말 없이 음식을 받아 먹는다. 절밥이라 그런지 한 수저에 녹아들어 간다. 눈 깜짝할 사이에 게 눈 감추듯 먹어 치운 빈 발우를 바가지에 받아놓은 찬물에 헹궈 그 물을 마시고 식사를 끝낸다.

"공양을 끝냈으면 차나 한잔 하시고 가시지요."

"고맙게도요?"

객승이 암주의 말을 받아 인사를 한다.

"오늘은 제가 팽주를 하겠습니다."

팽주란 차를 다려서 따르기까지 일체의 소임을 맡은 사람을 이르는 말이다. 부엌에 가면 솥뚜껑을 관장하는 '소두방 운전수'가 있고 술집에 가면 술 주전자를 마음대로 부리는 주모가 있듯 차를 마심에 있어선 팽주가 있다. 팽주는 차를 끓여내는 일은 물론 좌중을 좌지우지하는 이야기를 해낼 수 있는 좌장이 맡는다. 차는 차나무에서 그 잎을 따 말리고 덖어내는 데에서부터 찻잔에 담기기까지 수많은 공정을 거친다. 그중에서 차 맛을 결정짓는 결정적 요인으로 물을 꼽는데 이를 품천이라 한다. 팽주는 차의 입수 과정을 이야기하는 것은 생략하더라도 반드시 그곳의 물맛은 이야기하게 돼 있다.

"교룡산의 물은 일미이지요. 그중에서도 덕밀암 암반수는 동분서출, 즉 동쪽에서 솟아올라 서쪽으로 흐르는 물로 가히 신선들이나 마시는 비장의 생수입니다."

그러니 이 물로 다려낸 차 맛은 당연히 상품이라는 것이다.

"내 어디서 들은 이야기인데 그 물이 바로 용의 눈물이라고 하던데요?"

누더기 스님의 응수다.

"그런 이야기는 어디서 들었습니까?"

"교룡산이 용이 사는 산임은 누구나 다 아는 사실 아닙니까. 용 중의 용이 교룡이요, 인간과 소통하는 용이 교룡 아니겠습니까?"

"스님은 참 별 걸 다 알고 계십니다."

팽주는 물이 아무리 좋아도 그 끓이는 물의 온도가 적당하지 않으면 차 맛이 제대로 우러나지 않는다는 이야기를 한다. 너무 팔팔 끓여도 안 되고 물이 너무 설익어도 안 된다. 그저 손가락 안 데일 정도의 온도라면 적당하다는 탕변을 이야기 한다. 품천과 탕변 다음에 일상적인 이야기가 나오게 돼 있는 게 차 마시는 자리의 다도다. 차 한 잔을 마셔도 그에 따른 법도가 있는 것이다.

"그런데 말이지요. 그 좋은 차 공양을 우리끼리만 해서 됩니까? 부처님 전에 먼저 올려야 하지 않을까요?"

"그 말이 언제 나오나 했지요."

암주는 부처는 이미 곡기 끊은 지 오래라 이런 것 아무리 바쳐봤자 소용이 없다는 뜻밖의 말을 한다.

"덕밀암에선 그런 허상은 안 키웁니다."

"허상이라니요?"

암주는 불상을 차려놓고 아침저녁으로 거기 먼저 공양하고 절하는 것은 헛일이라는 이야기를 한다. 부처는 어디에도 있고 어디에도 없다는 것이다. 오직 부처님이 실재하고 있는 곳은 자기 마음속이라. 공양을 해도 자기 자신의 가슴속에 임재하고 있는 부처에게 공양하면 된다는 것이었다.

"처음 이 덕밀암을 세우신 시주는 불상을 모시려고 만든 암자가 아니었어요."

"절에 불상을 보시지 않으면 무얼 모신단 말입니까?"

본시 이곳은 왜란에 희생된 망자들의 원혼을 불러 위로하기 위해 세워진 산신각이었다. 그러니 불교라기보다는 유교에 근거한 산신각이었던 걸 세월이 지나면서 누군가 불상을 들여놓고 거기다 참배를 올리기 시작했으니, 애시당초 옳은 절이 아니었다는 것이다.

"혹시 이총이라고 들어보셨습니까?"

"이총이라면 귀 무덤을 말씀하시는 건가요?"

왜구들이 전과를 계산하기 위해 자기가 죽인 적군의 귀를 베어 오라 했던 전쟁 당시 이곳은 수많은 귀를 잘라 모았던 곳이다. 귀를 잘라 오라니까 양쪽 귀를 다 잘라 한 사람을 죽여 놓고도 두 사람을 죽였다고 거짓말을 하는 바람에 나중에는 코를 베어 오라는 명령을 내렸다. 하여, 이곳은 그 벤 코를 쌓아두었던 곳이기도 하다. 난리가 끝난 후 남원 일원에는 귀와 코를 잃은 민간인들이 수두룩했다.

"이곳이 바로 그 코와 귀를 잘라 모아두었던 곳이라 하지요."

왜구들은 이 귀와 코의 숫자대로 전공을 따져 상급을 내렸다.

덕밀암은 엄밀히 말하자면 귀와 코를 위무하기 위해 세워진 제각이다. 그러니 부처님 전에 드리는 차 공양보다는 귀신이 먼저고 산 사람 입이 먼저란 이야기다. 그렇게 뿌리를 찾아 내려가면 덕밀암은 절이 아니라 사당이라야 옳다는 것이다.

"형식에 얽매이지 말라는 말씀이군요?"

누더기 스님이 말했다.

"내 여기 와서 큰 깨우침을 얻었습니다. 그런데….."

보살님께서는 어떻게 속인으로서 이 절간에 머물고 계신지 궁금하다는 화살이 담락당에게로 돌아왔다.

'저는 소설공부를 하고 있습니다.'

그러나 그 말이 입 밖으로 나오지 않는다. 아까는 산문이 있는 데까지 가면서 많은 이야기를 주고받았는데 갑자기 말문이 막혀 꿀 먹은 벙어리가 돼버린 것이다. 뿐만이 아니다. 아까 나눈 이야기를 모르는 척 다시 시작하는 스님이 아닌

가. 그러고 보니 그 사람이 이 사람인지 다른 사람이었는지
조차 모호하다. 참으로 알 수 없는 혼미한 일이다. 이제부터
그는 벙어리가 된 백치다. 그런데도 말은 주고받는다.

"하, 어쩐지 첨부터 사람이 달라 보였어요."

그는 매월당 김시습이 전국을 떠돌며 간 곳마다 글을 써
남기고 죽었는데 그 마지막 머물던 곳이 서천의 무량사라는
이야기와, 자신이 며칠 전까지만 해도 거기 머물다 왔다는
이야기를 한다.

"무량사에 매월당의 영정이 모셔져 있어요."

그러면서 알쏭달쏭한 이야기를 끄집어낸다. 매월당이야말
로 천부적인 시인·소설가로서 후세 길이 남을 작품을 썼지
만 그 후손이 없어 멸절 상태라는 것이었다. 하여 그가 마지
막 머물던 무량사에 안치되기는 했지만 아직도 구천을 떠도
는 외로운 무주 고혼이라는 것이었다.

"매월당이 만약 작품을 써 남기지 않았더라면 누가 그 존
재를 알기나 하겠어요?"

그러니 누구나 헛제삿밥 먹고 싶지 않으면 후손을 봐야 한
다는 이야기다. 호랑이는 죽어 가죽을 남기고 사람은 죽어
후손을 남기든지 이름을 남길 일을 해야 한다. 그렇지 않으
면 존재가치가 없다. 만약에 작품을 써 남길 요량이라면 교
룡산성에 던져진 무주 고혼들을 달랠 수 있는 이야기를 써
남기라는 이야기를 하는 누더기 스님이다. 한 사람의 작가가

할 수 있는 일은 한 가지로, 자기 고장에서 일어났던 역사 서술이라는 이야기를 한다.

"보아하니 시주께서도 대가 끊길 우려가 있어요."

영원한 삶은 없다. 하나가 태어나 생성되면 또 다른 하나가 소멸된다. 땅속에서 지렁이 한 마리가 태어나면 하늘에서는 또 새 한 마리가 태어난다. 이 새는 지렁이를 잡아먹고 그 새는 또 새매가 잡아 잡아먹는다. 이 먹이사슬의 고리는 마치 거미줄처럼 우주 삼라만상에 걸쳐 있어 벗어날 수 없는 올가미가 된다. 이게 생명의 이치이며 한계다. 이를 풀기 위해 법계도가 있다. 이를 통해서 보면 그 모든 행로가 얼굴에 쓰여 있다는 것이다. 사람이 태어나면 그를 물어 죽일 뱀도 태어난다는 것이다.

"허어, 여기서까지 관상을 보시려고?"

암주는 이미 누더기와 오랜 도반이었던 것처럼 말을 트고 있었다. 그리고 보니 암주가 누더기인 것 같고 누더기가 암주인 것도 같은 것이 마치 두 사람이 한 사람 같다는 착각이 들기도 한다. 그런데다가 또 이전에도 이런 일이 있었던 것 같은 기시감이 다시 드는 것이었다. 마치 아득한 전생의 어느 한 시점에서 있었던 일 같았다. 이 혼몽함을 틈타 누더기가 다시 말을 이었다.

"뭐 어때서요. 관상이란 드러나는 것인걸요."

시주께서는 기분 나쁘게 듣지 말고 잘 들어두란 말 중에 이런 이야기가 있었다. 처음에는 두 딸을 낳을 것이요, 그중 하나는 잃을 것이며, 나중에 또 하나를 더 얻을 것이지만 그 또한 잃을 운명이다. 나중에 아들이 하나 점지돼 있긴 하지만 거기엔 큰 결심이 따라야 한다. 만약에 그럴 생각이 있거나 그런 필요성이 생기거든, 이거(移居)를 해 마이산이 보이는 곳으로 삶터를 옮기라는 충고 아닌 충고를 하였다. 거기 이미 써놓은 선영이 있기 때문에 조상의 음덕이 이를 도와줄 것이라는 말이었다.

"마이산에 신생수가 있어요."

그 물을 부부가 함께 마시고 합환을 하면 집안의 대를 이을 손이 태어날 거란다. 사람으로 태어나 대를 끊어버리면 그것처럼 허망한 일이 없다는 것이다. 나라를 위해 목숨을 바친 충절들이 아니고서야, 신앙을 위해 해탈의 길을 걷는 중이 아니고서야 반드시 후손을 봐 대를 이어나가야 함이 태어난 자의 도리라는 이야기다. 사주팔자에 들어 있는 운명이니 자기가 말을 하나 안 하나 결국엔 그렇게 되게 돼 있는 일이기에 미리 이야기하는 것이라는 누더기 스님의 말이다.

"내 이미 그 정도의 그릇이 돼 있는 소설가나 되니까 언질을 주는 것이니, 고깝게는 여기지 마세요."

"아직 낳지도 않은 후손에 대해 그렇게 단정적으로 말하는 법이 어디 있습니까? 그 말은 안 들은 걸로 하겠습니다."

아내가 임신 중이기는 하나 태중 아이가 딸이라는 말도 곧

이들리지 않을뿐더러, 또 언제가 될지도 모르는 앞으로 낳을 아이가 또 딸이라는 말은 악담같이 들린다는 담락당이다.

"기껏 살 방도를 이야기했는데도 남의 말을 믿지 못한다면 하는 수 없지요."

누더기는 천기누설에 해당하는 이야기를 해도 못 알아듣는다면 어쩔 수 없지 않겠느냐며 차를 들어 일부러 후루룩거리며 마셨다. 그리고는 갈 길이 바쁘다며 자리를 일어선다. 일어서면서 마지막으로 남긴 말이 '삼재를 조심하라'는 말이었지만 담락당은 귀담아듣지 않았다. 사람의 귀는 듣고 싶은 것만 듣는 묘한 폐단이 있어 미리 예방할 수 있는 일도 놓쳐버리는 일이 허다하다. 이런 경우가 그런 경우다.

"차 잘 마셨어요. 그리고 젊은이와의 대화도 즐거웠어요."

누더기가 휑하니 떠나버린 자리에 한 줌 향기가 남아 있었다. 그 향기는 점차 퍼져 온 방 안을 그윽하게 하였다. 무슨 꿈을 거푸 두 번씩이나 꾸었을까.

몽환 속에서 다시 꾼 이 역시 꿈이었다.

꿈에서 깨어나 다시 잠들어 꾼 이 두 번째 꿈에서 깨어날 때쯤, 유천에 남아 남편 뒷바라지를 위해 삯바느질 일을 하던 그의 아내 삼의당은 한참 출산 준비를 하고 있었다.

6
나비야 청산 가자

삼례에서 삼의당으로 이름을 바꾼 날로부터 두 사람의 관계는 완전히 달라졌다. 지금까지 너나들이하며 친구로 지내던 처녀총각의 사이가 아니라 엄전한 부부체제로 돌입했다. 부부는 부부로서의 갖추어야 할 기본 예의가 있다. 부부유별이다.

부부유별, 부부 사이에는 서로 구분이 있어야 한다는 뜻이다. 이게 공자님의 가르침이다. 공자는 삼강오륜을 가르쳤고, 조선은 이 가르침을 유교라 하여 국교로 삼고 있다. 이들은 이제 이 가르침대로 살기로 작정을 하고 부부가 유별한 까닭을 실천하고 있다. 남자는 바깥에서 일하고 여자는 안에서 하는 일을 도맡는다. 때문에 아내이고 안사람이다. 안에서 하는 일 중 가장 소중하고 큰일이 아이를 낳는 일이다. 이는 집안의 대를 잇는 근간이다. 어쩌면 이를 위해 혼인을 하는지도 모른다. 물론 사랑의 결실로 잉태가 되겠지만 여자가 해야 할 가장 큰일은 출산이다.

삼의당은 이제 그 첫 임무를 수행하기 위해 출산의 고통을 겪어야 한다. 여자라면 누구나 겪어야 할 산고이겠지만 삼의당의 고통은 남다르다. 신랑이 공부를 하러 산속으로 들어가 버린 뒤였기에 뒷바라지해줄 사람이 없었다. 출산에 있어 남편의 뒷바라지라야 방이 뜨끈뜨끈하도록 군불을 때주는 정도에 지나지 않겠지만, 그래도 마음의 버팀목이 돼줄 사람은 그 산고를 안겨준 남편이지 않겠는가. 앞산만 하게 부른 배가 살살 아파오자 삼의당은 친정어머니를 불러왔다. 마음으로는 남편도 곁에 두고 싶었지만,

"담락당을 불러와야 하지 않겠니?"

하는 어머니 특골댁의 말에 고개를 잘래잘래 흔드는 삼락당이다.

"글공부하러 간 사람을 불러와서 뭣 한대요. 그냥 두세요."

특골댁은 아기 씻길 물을 끓이랴 군불을 밀어 넣으랴 바쁘다. 산통이 와도 아기가 이 세상을 향하여 나오자면 오랜 시간을 필요로 한다. 그동안에 모든 준비를 해두어야 한다. 신생아가 나오면 씻길 물도 데워놔야 하고 하혈을 받아낼 요대기도 깔아두어야 한다. 다행히 산모는 이 모든 준비를 빠짐없이 해놓고 어머니를 불렀기 때문에 특골댁은 준비에 허둥대지 않는다. 그렇지만 산파 일에는 자신이 없다. 애를 다

섯이나 낳았지만 둘은 잃고 딸 셋만 겨우 건진 특골댁이다. 그러니 출산이나 육아에는 절반의 실패를 했다고 생각하는 것인데, 특히 산후조리를 잘 못해 평생 신경통을 앓고 있는 이 문제를 생각하면 혼자서는 해낼 자신이 없다.

"아무래도 산파를 불러올까 보다."

전문적인 산파가 어디 있을까마는 그래도 경험 많은 사람을 찾아 오겠다는 특골댁이다.

"그만두세요. 불러오기는 누굴 불러와요? 남사스럽게…."

산모는 죽었으면 죽었지 남에게 치부를 드러내 보이고 싶지 않다. 더군다나 너무 빨리 찾아온 출산일을 두고 이러쿵저러쿵 뱁새눈을 뜨고 볼 시어머니 오락당네에게는 이 모습을 보이고 싶지 않은 삼의당이다.

"이제 이슬이 비치네."

옥문이 열릴 기미가 보이자, 몇 번의 출산 경험이 있는 특골댁인데도 지난 경험은 까마득히 잊고 무엇부터 해야 할지 갈피를 잡지 못해 허둥지둥할 수밖에 없다. 진땀을 흘리는 딸의 이마를 아기 목욕수건으로 장만해놓은 광목천으로 훔쳤다가 부엌으로 나가 군불을 밀어 넣었다가 안절부절못한다.

"이슬이 비치고도 한참을 더 기다려야 하느니."

혼잣말처럼 중얼거리는 어머니에게 딸이 묻는다.

"엄니도 이렇게 아팠수?"

"그래, 그랬지. 초산이니까 더 아프겠지. 좀만 참아라."

어머니는 조금만 더 참으란 말밖에는 할 말이 없다.

"못 참아서 그런 게 아니라…."

아픈 건 참을 수 있지만, 고통을 못 참아서가 아니라 이렇게 시간을 끌다가 태중 아이가 잘못되기라도 하면 어떻게 하느냐고 염려하는 딸이다.

"애는 삼신할매가 다 돌보신다. 걱정 말아라."

죄지은 일 없으면 나올 것은 나오고 만다는 특골댁이다. 그러나 이미 죄는 다 지은 죄다. 혼례일로 따진다면 두 달이나 빠른 출산이다. 그런 망측한 생각을 떨쳐버리기라도 하듯,

"너 낳을 때는 아침에 진통 시작해 점심나절 지나서야 낳았다."

그러니 그 진통이 오죽했겠느냐 엉뚱한 말을 한다.

"돈 없이 살아서 그렇지 그 집안도 삼대 적선한 사람들이다."

시댁도 삼대를 벼슬자리 나가지 않고 청렴하게 산 사람들이니 천벌 받을 일은 없을 터, 걱정 말라는 것이다. 특골댁은 씨앗을 받아 건네준 하씨네 일가를 들먹거리고 있다. 그러면서 안사돈을 데려와야겠다며 방문을 열고 나가버린다.

"안사돈 집에 있소? 급히 좀 와봐야겠소."

특골댁은 거두절미하고 빨리 뒤따라오라는 소리만 남기고

뒤돌아선다.

"와, 무슨 일 있는교?"

"산달 아잉교."

특골댁은 급한 김에 이렇게 뇌까려놓고는 앞장서 종종걸음친다.

"아가? 벌써…."

특골댁은 오락당네가 뒤따라오며 무슨 생각을 하고 무슨 궁리를 대는지 짐작하고 있다. 첫날밤에 구들막 농사를 지었다 쳐도 이렇게 빨리 나올 애가 아닌 것이다. 이제 혼인한 지 여덟 달이다. 때문에 그런 의심 받을 게 두려워 시어머니를 부르지 않기를 바랐던 딸애의 심정을 헤아려보는 삼례네다. 그러면서도 오락당네가 그 일로 따지고 대든다면 칠삭둥이 팔삭둥이도 얼마든지 있다고 말해줘야지 한다. 그런데 그러려면 무슨 핑곗거리가 있어야 한다. 갑자기 놀랄 일이 생겨 조산하게 됐다든지 하는, 태중의 아기가 일찌감치 세상 빛을 그리워하게 된 무슨 피치 못할 동기를 부여해줘야 한다.

'개가 뱀이를 보고 놀라서요.'

뱀 때문에 놀라서 조산을 하게 됐다면 곧이들을까? 그러려면 미리 입을 맞춰두어야 하는데 그것도 이미 늦었다. 그러다가 탄로 나는 것보다는 거짓부렁은 안 하는 게 낫겠다. 욕이 어디 배 따고 들어오나, 까짓 욕이야 얻어먹으면 그만이지 단단히 마음먹고 오는데,

"태동이 멈췄어요."

집 안에 들어오자마자 산모의 태동이 멈췄다는 이야길 듣는다. 배 속의 아기는 끊임없이 움직인다. 아기는 어머니 복중에 들어가는 순간부터 열 달 동안을 한시도 쉬지 않고 움직이는 운동 덕분에 자라고 골격을 갖추는 것이다. 그러다가 마지막 순간이 오면 일단 움직임을 멈추고 자궁 밖 세상으로 나갈 준비를 한다. 개구리가 멀리 뛰기 위해 온몸을 움츠리는 것처럼, 그 움츠림이 태동이 멈춘 상태일 것이다.

"진통은?"

진통 역시 오다가 멎었다 한다. 출산은 몇 번의 진통 끝에 온다. 천천히 오는 진통도 있고 급작스럽게 오는 진통도 있으며 살살 아픈 진통도 있고 찢어지게 아픈 진통도 있다. 이 진통들은 단계별로 자궁 문을 여는 과정이다. 문이 열리는 그 고통은 당해보지 않은 사람은 모른다. 여자가 겪는 최고의 고통이다. 그 고통을 겪고 나야 비로소 어머니가 된다.

삼의당은 이제 여성에서 어머니로 자리바꿈하는 이 관문을 지나며 마지막 진통을 감수한다. 그러는 사이에도 간헐적인 진통이 왔고, 양수가 터졌고, 그다음에도 한동안 진통이 계속되더니, 하늘이 노란 사이, 순식간에 봇물이 터지듯 한 덩어리 핏덩이가 쏟아져 나왔다. 산파는 쌈을 가르고 아기의 엉덩이를 내려쳐 그 첫울음을 일깨웠다.

허겁지겁 뒤쫓아 오기는 했지만, 오다가 되돌아가 미역을

가져오느라 한발 늦은 오락당네는, 이미 세상 밖으로 나와
그 할미 손에 들려 첫울음의 고고성을 터뜨리고 있는 며느리
의 출산물을 본 시어머니 오락당네는, 무사 출산과 산모의
산고에는 아랑곳없는 듯,

"이거 가시나 아이가?"

집안 밑천인 첫 애부터 사내가 아닌 여자애를 낳은 불만부
터 터뜨린다. 그러잖아도 자기는 아들만 쑥쑥 잘도 뽑아냈는
데 '특골댁이 너는 아들도 하나 못 낳은 주제'라는 험담을 스
스럼없이 해댔고, 자식이 없으니까 남의 집 자식 데려다 데릴
사위 삼았다는 악담을 퍼부었던 사람이다.

"아직 금기 줄도 안 쳐서 이 무슨 불길한 소리고?"

특골댁이 발끈한다. 특골댁도 이를 듣고 가만히 있을 인사
가 아니다. 그러나 입으로는 그렇게 말하면서도 미안하기는
하다. 조산에다가 사내자식이 아닌 계집애를 낳았으니 할 말
이 없다.

"짚이나 가져와 금기 줄이나 쳐라, 보자."

그래야 부정이 타지 않는다. 아이를 낳으면 금기 줄을 쳐
부정 타는 것을 막아야 한다. 금기 줄은 절대안정을 요하는
산모를 보호하기 위해 낯선 사람의 출입을 막는 표시이기도
했지만 신생아를 노리는 귀신이 드는 것을 막는 구실도 한
다. 사내아이를 낳으면 새끼줄을 오른쪽으로 꼬아 숯과 대나
무 잎과 붉은 고추를 달고 딸아이가 태어나면 왼쪽으로 꼰

새끼줄에 숯과 대나무 잎만 단다. 고추가 걸려 있는지 없는지의 여부에 따라 그 집에 낳은 아기의 성별을 알 수 있다.

삼의당이 출산한 이 아이는 세상에 나오자마자 고추를 달고 나오지 않은 데 대한 욕을 얻어먹었다. 그것도 친할머니되는 사람한테 받은 첫인사가 그랬다. 그만큼 남자가 대접받는 세상이었다. 좋게 생각하자면 좋게 생각할 수 있는 여지는 있다. 애가 태어나면 못생겼다 해야 잡귀가 눈독을 들이지 않는다는 속설이 있기 때문이다. 신생아를 두고 너무 '예쁘고 잘났다' 추켜세우면 잡귀가 샘을 부려 아이를 해칠 우려가 있다. 하여 '그놈 참 못생겼다'든지 '등신 같은 놈'이라는 말을 해 잡귀의 관심을 끌지 않도록 한다는 이야기다. 하여 아명을 '개똥이'니 '못난이'라 부르는 까닭이 여기 있는 것이다. 이게 선조들의 지혜다. 그래서 '쓸모없는 가시나를 낳았으니 잡귀야 틈타지 마라.' 했다면 말이 되겠지만, 아무리 좋게 생각하려 해도 오락당네가 구시렁거리는 말에는 뼈가 있고 가시가 돋쳤다.

"첫딸은 복이라 카더라. 아직 청춘이 구만리 같은 애를 두고 그기 무슨 할 소리고? 이것 좀 받아 눕혀봐라. 투실투실하니 실하기만 하구마."

이제 막 목욕까지 끝내 강보에 싸인 아기를 제 친할머니에게 넘기는 특골댁이다. 특골댁이 이렇게 대범하게 나오자 오락당은 입이 쑥 들어간다. 딸 낳았다고 핀잔을 주려다가 오히려 당한 셈이다.

"이 투실투실한 두 손 좀 봐라. 아기는 다 제 먹을 건 제가 쥐고 나온다 안 카더나?"

특골댁은 이제 갓 태를 잘라 묶고 목욕을 시켜 누였던 아기를 들어 딸에게도 안겨준다. 얼굴에 불그스름한 빛이 도는 것이 이마가 훤한 아이다. 아기는 아직 눈을 못 떴지만 입을 오물거린다. 젖을 한 방울 짜서 입술을 축인다. 세상에 처음으로 나온 하나뿐인 내 아기다.

삼의당은 아기 살냄새를 맡으며 마냥 행복한 꿈속으로 잠겨든다.

집으로 내려와 아기를 안아보는 담락당은 기쁨과 감격으로 가득하다. 아직까지 핏덩이에 불과한 이 아이가 자라나 아름다운 여인이 될 것이다. 여성으로 자라면 제 어머니 삼의당처럼 현숙한 여인이 될 것이다. 생각만 해도 가슴 벅찬 일이다. 아버지가 된다는 것은 세상 그 무엇과도 바꿀 수 없는 복이다. 그런데 어머니 오락당에게,

"그런 걸 나놓고도 그리 좋으냐?"

하는 첫말을 들었다.

"뭐가 잘못됐어요?"

오락당네는 입을 비죽이며 아기 내려놓고 이리 나와보란 눈짓을 한다.

"왜요, 엄니."

뒤따라 문턱을 넘어 나온 담락당은 무슨 일인가 싶어 궁금하다. '고추나 하나 달고 나오지' 하는 말은 할머니들은 누구나 하는 소리였지만 담락당은 설마 그런 일로 사람을 불러내 추궁을 할 줄은 몰랐다. 이 경사스러운 날 겨우 하는 소리가 '며느리가 계집애를 낳아 남부끄러워서 애 낳았다 소리도 못하겠다'는 것이었다. '거기다가 혼인한 지 얼마 됐다고?' 그날로 친다면 팔삭둥이라는 것이었다.

"엄니는, 참내, 엄니가 어떻게 그런 소리를 해요?"

상대도 하기 싫다는 담락당이다.

"그런 소리 하려면 우리 집에 발도 들이지 말아요."

"우리 집? 꼴꼴 난 집 하나 지어놓고 누구더러 오라 가라야?"

오락당도 지지 않는다. 괜한 심술이 나는 것이다. 기껏 키운 아들을 덜렁 빼앗긴 데 대한 심통이기도 하고 혼수 하나해 오지 않은 주제꼴에 제 자식 감쌀 기저귀며 배내옷까지 미리 장만해놓은 데 대한 불만이 터져 나오는 것이었다.

"심기가 불편하시면 차라리 집에 가 낮잠이나 주무시시요이?"

"뭐라? 이놈이 이거, 제 어미한테 못 하는 소리가 없어."

오락당이 순간 분기탱천한다.

"돈도 한 푼 못 벌어 오는 주제꼴에 누구더러 이래라저래라야?"

오락당은 둘째 이락당이 기와공장 만들어 돈 벌어다 주는 자랑을 한다. 둘째는 공부 하나 안 시켜도 돈만 잘 벌어다 주는데 너는, '너는'이 아니라, '네 처'는 이게 뭐냐는 뜻이겠다. 제 할 짓은 다 해놓고 시댁에는 나 몰라라 하지 않았느냔 것이다. 제 차릴 속셈은 다 차려놓고 살면서 시어머니한테는 이불 한 채도 안 해 오지 않았냐는 노골적인 불만이다.

"내 탓이니까, 내가 다 잘못했으니까 엄니는 그만 들어가 쉬시어요."

"이눔아, 말이야 바른 말이지. 네가 잘못한 건 또 뭐란 말이고?"

딸을 낳은 건, 아니지, 작수성례를 핑계로 혼수를 해 오지도 않고 혼사를 치르게 졸라댄 건 며느리 탓이지, 어찌 그게 네 탓이란 말이냐? 이렇게 되쏘아붙이고 싶은 오락당이다. 하지만 꼬리 잡힐 소리는 끝내 하지 못하는 체면도 있어 입을 다문다. 담락당 역시 마찬가지다. 둘의 싸움은 결국 고부간의 갈등을 부추기는 일밖에 더 되겠는가. 담락당은 이 일이 자칫 잘못 비화되면 그 비난의 화살이 삼의당에게 쏟아져 내릴 것 같아서 일찌감치 두 손을 들고 만다.

"항복이요, 엄니한테 이길 자식이 어디 있겠소?"

다 내 탓이니 이제 그만 집으로 돌아가라는 이야기다. 이때 살포시 잠들었던 두 눈을 부스스 뜨며 모자간의 실랑이를

들은 삼의당이,

"당신 왔어요?"

하며 누운 자리에서 일어나려 한다.

"공부는 안 하고 뭣 하러 내려왔대요?"

"안 일어나도 돼. 그냥 누워 있어요."

담락당이 일어나려는 삼의당의 머리를 부둥켜안아 누인다. 그 꼴이 또 보기 싫은 오락당이다. 사내자식이 저래가지고는 안 되는 것이다. 출산을 했다고, 그걸 보겠다고 벌써 산모 방에 들어와서도 안 되거니와, 어디 감히 어미 앞에서 제 아내 편을 든단 말인가. 눈꼴 시려 볼 수 없는 가관이다.

"쯧쯧. 세상 말세여."

오락당은 더 앉아 있을 수가 없다. 며느리 보는 앞에서 차마 제 자식을 타박할 수도 없고 그렇다고 자식 보는 앞에서 며느리를 욕할 수도 없다. 주섬주섬 치울 것들을 집어 방을 나온 오락당네는, "삼례네야, 나 간데이." 한 마디 던지고는 휑하니 뒤돌아서 삽짝 밖으로 나가버린다.

"여편네 또 웬 심술이고?"

특골댁은 사위가 듣든 말든 공공연하게 되돌아가는 오락당네의 뒤통수에다 대고 욕을 걸러 붙인다.

"하이고, 그 속내를 누가 모를까 봐?"

이제는 아예 사위 들으라고 큰소리를 치는 특골댁이다. 오락당이 저러는 것은 '며느리 데려다가 통통 부려먹어야 하는

데 처갓집 밭에다가 집 지어 살게 해 데릴사위가 되었다'는 생각지도 못한 말이었다. 혼수 안 해 왔다는 불만은 들은 적이 있어도 처가살이라는 말은 첨 듣는 이야기다. 거기다가 '형제들이 다 돈벌이하러 나섰는데 무슨 큰 벼슬을 할 거라고 하라는 일은 안 하고 절간에 들어가 공부하는 게' 오락당네의 불만이라는 것이다. 그게 다 제 마누라 말만 듣는 멍청이가 되어서 그렇다는 이야기다. 이게 혼자 지어낸 말은 아닐 테고 평소 두 어른끼리 싸우면서 하던 말이었을 것이다.

'두 어른 사이가 언제부터 저리 됐지?'

담락당은 고민이다. 두 사람이 서로 으르렁거리긴 했어도 이렇게 사이가 나쁘진 않았는데 사돈지간이 된 이후로 급물살을 타버린 것이다. 그게 다 자기 탓인 게다. 혼사를 앞당겨 제 맘대로 혼인을 해버린 것도 그렇고 남들 보기엔 팔삭둥이라서 일찍 나왔다고 거짓말로 둘러댈 수도 있는 일이긴 하지만 엄연히 조산이 아닌 열 달을 어미 배 속에서 다 채우고 나온 걸 알고 있는 양가 어머니들을 속일 수는 없는 일, 그렇게 된다면 결국 약점 잡히는 것은 여자인 며느리다. 오락당이 저러는 것은 이미 그 약점을 잡고 흔드는 일에 다름 아니다. 그날 그 달밤에 월인천강지곡을 부르지만 않았어도, 별자리를 헤지만 않았어도 이런 불상사를 일으키지는 않았을 것을, 담락당은 후회한다. 이게 다 혼전 임신을 불러일으킨 자신의 과오다. 말로는 삼강오륜을 논하고 예의범절을 탓하면서도 막상 자기 행동은 그렇지 못했던 것이다.

그러나 어쩔 것인가. 이미 터진 일이다. 삼의당은 시시콜콜 말하지 않아도 벌써 담락당의 표정을 보고 무슨 생각을 하고 있는지 알아차린다.

"너무 상심하지 말아요. 이제부터 우리가 더 잘하면 돼요."

"그래 그렇지? 우리가 잘하면…."

군자는 대로행이라. 갈 길로만 가면 된다. 갈 길은 어디인가. 중도다. 어느 한쪽으로 치우치지 않는 길이다. 조금 전까지만 해도 덕밀암 누더기와 이런 이야기들을 나누다 왔다. 무슨 까닭에서였던지 절을 떠났던 누더기가 다시 와 알 수 없는 이야기들을 해댔다. 이번에는 꿈에서가 아니라 실제 몸으로 다 떨어진 누더기 장삼을 덕지덕지 기워 입고 나타났다.

"시주께서는 이 세상에 태어날 것을 미리 예언 받았다면서요?"

"예언이라기보다는 세보에 적힌 이야기가 하나 있었던 건 사실입니다."

"그런 걸 운명이라 하겠지요."

우주의 이치는 모든 게 맞물려 돌아가기 때문에 예정된 순서가 있다. 자연이 계절 따라 순환하듯 인간도 이 순환 이치에 따라 돌고 돈다. 믿거나 말거나 한 이야기겠지만, 지금 집에 내려가면 귀한 아기 손님이 하나 와 있을 겁니다. 그렇지

만 이 아기는 아직 올 때가 아닌데 잘못 왔기 때문에,

"당신네가 이상한 인연을 타고나서 만난 그 세월만큼만 있다가 다시 돌아갈 것입니다"

라고 했다. 당신들의 이상한 인연으로 만난 세월이라면,

"그렇다면 18년만 살고 만다는 이야기입니까?"

이 무슨 해괴한 소리인가? 그런데 이보다 더한 소리를 한다. 연이어 또 한 아이를 점지해줄 것이지만 그는 두 해를 넘기지 못하고 갈 것이라는 끔찍한 이야기였다. 그 이후에 태어날 셋째 아이는 제 명대로 살 것이지만 그동안은 사내아이가 없어 대가 끊길 위기에 처할 것이라는 기상천외한 이야기도 했다. 도대체 내게 그런 이야기를 왜 하느냐고 물었다.

"대체 당신은 누구이며 내게 이런 이야기를 하는 까닭이 무엇이오?"

"그 일들을 다 겪은 후에야 지금 내가 하는 말이 다시금 생각날 것이요. 당신 윗대 할아버지께서 당신 부부의 탄생을 예언했던 일과 마찬가지로."

"그렇다면 당신의 말을 믿게 하기 위해 내게 그런 여러 가지 시련이 있다는 것이요?"

"그렇소. 이 세상에 태어나는 모든 생명은 그에 합당한 역할이 있소."

그저 왔다가 그저 가는 것은 없다. 나뭇가지 사이를 지나는 바람조차도 정해진 길이 있다 했다. 누더기는 운명론적인

이야기를 했다. 그러면서 그는 또 운명에 맞설 양법도 이야기했던 것 같다. 아마도 신사임당과 너도밤나무 이야기였던 것 같은데 잊어버렸다.

우주 질서를 위해서는 한낱 초충이나 미물도 할 일이 있다. 심지어는 해충까지도 할 일이 있다는 것이다. 뱀이나 개구리까지도 제 역할이 있다. 볏잎을 갉아먹는 메뚜기는 필요 없을 것 같지만 메뚜기는 새의 밥이 되고 새는 곡식의 씨앗을 먹고 그 똥을 싸 종자의 씨를 퍼뜨리는 일을 한다. 이처럼 서로는 서로에게 유익한 일들을 하도록 만들어 놓았다. 이게 각자의 역할이다. 지하에는 수맥이 흐르고 하늘의 별도 성운의 길이 정해져 있듯 인간에게도 인간 각자에게 지워진 운명이라는 게 있다. 보통 사람들 같으면 조금 게으름을 부리거나 자기 일을 회피해도 큰 지장이 없겠지만 특별히 큰일을 맡은 재능을 가진 사람은 받은 재주를 소홀히 할 수 없다. 그 맡은 임무가 너무나 막중하여 초소에 보초를 서는 보초병 같아서 자기 일을 소홀할 수가 없다. 수많은 병사들의 목숨이 그에게 달려 있기 때문이다. 그게 누구냐, 어떤 사람이냐, 그에게 주어진 임무라는 게 대체 뭐냐를 묻는 담락당에게, '조물주 다음가는 창조주로서 작가'를 꼽았다. 조물주가 천지 만물을 만들어 운행하고 있다면 이에 버금가는 이야기를 만들어내는 소설가도 제2의 창조주에 해당한다는 것이었다.

"이야기 만들어내는 일, 그게 뭐 그리 중요한 창조물이요?"

"그렇소. 그게 수많은 인간들을 구원할 수 있다면, 그런 글을 쓴다면 반드시 그리 될 것이오."

"그렇다면 그런 사람이 누가 있었소? 내게 알아듣도록 말해보시오."

"비록 이름을 남기지 않았으나 작품을 남긴 수많은 작가들을 떠올려보시오. 그들이 얼마나 많은 사람들을 구제했는지."

"내게 그런 글을 쓸 재주가 있다 보시오?"

"있고 없고는 당신 노력 여하에 달려 있지 않겠소? 내가 앞서 한 이야기들은 시주님께서 품고 있는 그런 나약한 생각을 불식시키기 위해 내놓는 증표라고 생각하시오. 지금은 내가 무슨 말을 어떻게 해도 곧이들리지 않을 것이요. 이 무수한 일들을 다 겪고 난 후에야 내 말을 다시금 깨닫게 될 것이오."

그때가 오기 전에는 아직 지금 하는 내 말을 수긍할 수 없을 것이라는 누더기의 이야기였다.

"불후의 명작이라는 게 있소."

작가는 많지만 불후의 명작을 남길 인물은 따로 있다는 것이다. 운명을 거슬러 앉지 않은 소수의 작가만이, 그것도 수많은 시련과 시행착오를 거친 뒤에, 그 일을 이룰 수 있다는 누더기였다.

"그 말을 어떻게 믿소?"

"이미 당신은 그런 계시에 의해 태어나고 혼인하고 아이를 가진 영험한 경험을 하지 않았소? 이미 있었던 일에 대해선 믿음이 가오?"

"내가 본 것은 내가 알지요."

"그러면 안 본 것도 믿게 될 날이 올 것이오."

이 말을 마치자마자 출산 소식을 들었고 산을 내려오면서 생각해도 누더기와의 대화가 실제로 있었던 것인지 상상을 한 것인지 또 꿈을 꾼 것인지 알 수 없었던 담락당이었다. 요즘 들어 일어나는 이 모든 것들이 꿈인지 생시인지 더욱 불분명해지는 일대 사건들이다. 첫 번째 두 번째까지의 이야기는 꿈이 분명했고 이 세 번째 이야기는 분명 생시였는데 이 또한 꿈인지 생시인지 모호해진 것이다. 하지만 한 가지 분명한 사실은 지금 그의 앞에 아기가 태어나 있다는 것이고 지금까지 지나온 일들이 분명한 현실로 나타난다는 것이었다. 그렇다면 장차 일어날 일들도 사실일 수 있다. 책에서도 읽은 적이 있다. 미래를 내다볼 수 있는 능력을 갖춘 사람들, 예지력을 가진 사람들이다. 이들을 일컬어 점쟁이라든가 무당이라 부른다면, 그렇다면 자기는 무당의 끼를 타고난 것일까. 섬뜩 무서운 생각이 들었던 담락당이다. 자신의 앞날을 본다는 것은 끔찍한 일이다. 게다가 지금 막 태어난 아이가 자신들이 태어나 결합한 햇수만큼만 살고 말 것이라는 예시는 있을 수 없는 저주다. 거기다가 그다음으로 올 아기는 2년도 채 안 가 죽는 그런 운명을 타고난다면 이는 저주 중에서도 가장 큰 저주다. 도대체 왜 이런 일들이 일어난단 말인가?

"그게 다 운명이란 말이지요."

누더기 스님은 운명적으로 그렇게 태어난 걸 귀띔해줄 뿐이라 하였고, 도대체가 그 운명이란 게 무엇이기에 이런 가혹한 시련들이 필요하단 말인가. 가당찮은 일이라고 반박을 한 담락당이다.

"작가로서의 연단을 위해 그런 고통을 겪어야만 한다면 나는 그런 고통을 당하고 싶지 않아요."

그런 연단을 당해가면서까지 작가가 될 생각은 없다 한 담락당이다.

"그렇지요? 대부분 작가들이 여기서 돌아서지요."

가난이 겁나 작가의 길을 포기하는 사람들이 지하 세계의 문 앞에 줄을 섰다. 저들은 작가의 탈을 쓰고도 심령의 구제는커녕 오히려 미혹과 혼란을 준 자들이다. 누더기는 여기서 승자의 표정을 지으며,

"시주께서도 그 길로 돌아가시려 합니까?"

하고 반문했다.

"아까 법계도를 돌다가 시주께서 돌아섰던 걸 기억하시오?"

그게 운명을 거스르는 잘못된 판단이라는 것이었다.

담락당은 산에서 있었던 일들을 삼의당에게 조곤조곤 이야기한다. 그러나 차마 아이들의 앞날에 관한 누더기의 예언에 대해서는 이야기할 수가 없다.

"그래서 뭐라 대답했어요?"

삼의당은 웃으며 되묻는다. 그게 당신 혼자서 꿈꾸는 상상의 세계가 아니냔 것이다. 작가는 그런 꿈을 통해서 자기 꿈을 이룬다는 것이다. 예언자는 그 예언을 이루기 위해 남다른 노력을 한다. 미리 공표를 해놓으면 자기 최면에 걸리게 된다는 이야기겠다.

"얼마든지 가능해요."

삼의당은 빙의에 관한 이야기를 한다. 산 사람은 귀신과 소통할 수 없다. 그러나 특별한 신내림을 받은 점쟁이는 빙의를 입어 귀신과 소통할 수 있다. 그 누더기가 신들린 사람이라면 그를 통해 미래를 볼 수도 있다는 이야기다.

"누더기가 삼재를 미리 예방하라고 일러준 것이어요."

삼의당은 최근 주역 공부를 하고 있다면서 이미 예정된 재액이 있다 할지라도 액땜을 할 수 있는 액막이가 있다 한다. 감당 못 할 시련은 없다는 것이다. 미몽이다. 아무래도 부부가 미쳐도 단단히 미친 모양이다. 미쳐도 한 사람만 미쳐야 세상을 살아나갈 방도가 있을 터인데 이렇게 둘 다 꿈속에 빠져버렸으니 어떻게 현실을 살아나갈 것인가. 이 혼미한 꿈

기운을 타고 새로운 인간이 하나 탄생했으니 이 아이는 또 무슨 역할을 어떻게 맡아 할 것인가.

"그러면 이 아이도 용꿈을 타고 나왔단 말이요?"

"아니요, 이 애는 나비를 타고 왔어요."

"그렇다면 이 아이 이름은 나빌레라."

담락당은 아이 이름을 나비라 짓겠다 한다. 여식이니까 화룡 같은 기운을 타고나는 것보다 나비 정도면 한다. 훨훨 나는 건 용이나 나비나 매한가지일 터, 이왕이면 여성답게 날자는 것이다.

7
꽃이 있어 꽃이 내게로 오니

모란이 피고 있다.

모란꽃은 너무 일찍 피어 벌나비가 찾아오지 않는다. 아직 벌나비가 꿀을 찾기 전에 벌써 피었다 지기 때문이지 향기가 없어 초충이 찾아들지 않는 것은 아니다. 밀선이 전혀 없는 것은 아니라는 이야기다. 때문에 모란은 충매화나 풍매화가 아닌 조매화다. 곤충이나 바람이 수분을 시키는 게 아니라 새가 그 씨앗을 물어다가 자리를 옮겨 종자를 퍼지게 한다는 것이다.

그러나 모란은 작약과는 다르게 나무에 피는 꽃으로, 꽃의 여왕이다. 담락당은 집을 지어 제금나 새 보금자리를 만들면서 제일 먼저 섬돌 아래 뜰에다가 아내 삼의당을 위해 이 모란을 심어주었다. 그 옆에다가는 홍매를 심고 또 그 옆에는 천도복숭나무를 심었다. 이 모든 꽃들이 피어오르면 집안은 마치 신선들이 사는 선경이 된다. 모진 겨울바람 속에서 아직 춘설이 분분한 중에도 홍매가 먼저 피고 그다음으로 오는 것이 모란이다.

"모란이 꽃을 피웠구나."

"모란이 뭐야?"

아장아장 걸음마를 하고 이제 제법 말을 하는 나비가 마당에 뒤따라 나와 하는 말이다.

"이 꽃이 모란이란다. 우리 나비처럼 이쁘지?"

"응, 나 이뻐?"

"이쁘고말고지. 우리 나비보다 더 이쁜 꽃은 없지."

"홍아보다도?"

"홍아는 네 동생이잖니?"

그러고 있는데 둘째 홍아가 잠에서 깨어 일어나 문설주를 짚고 바깥을 내다보고 있다. 홍아는 날 때부터 투실투실하니 몸무게가 나가는 게 언니와 키는 비슷했지만, 아직 걷는 거나 말하는 건 잘 못하고 겨우 문설주를 잡고 일어서 바깥을 내다보는 정도다. 그러면서도 바깥에서 일어나는 일에 관심을 보여 섬돌 너머에 있는 꽃을 잡으려 한다.

"안 돼. 그건 꽃이야."

홍아가 꽃을 만지려 허공 중에 손사래를 치자 이를 막는 나비다.

"그러다 떨어진단 말이야."

언니가 뭐라고 하자 홍아는 금방 삐이 하고 운다.

무슨 볼일로 왔는지 마당에 들어서던 오락당이 이를 보고 한마디 한다.

"기집아들이 울음통 하나는 커가지고."

울지 말라 윽박지르는 통에 놀라 더 큰 소리로 울어재끼는 홍아다. 그때 마침 방 안에서 또 하나의 울음소리가 들려온다. 셋째다. 내리 연년생으로 낳은 셋째는 아직 이름도 짓지 않았다. 나비가 다섯 살이고 홍아가 세 살이니 그 아래는 날 수로는 갓 한 살이지만 태어난 햇수로 치면 명색이 두 살이다.

"쌍고동 불고 있네? 이것들이 대체 다 무슨 난리고? 아무 짝에도 쓸모없는 가시나들만 줄줄이 낳아가지고? 고추 하나 달고 나왔으면 어디가 덧나나."

오락당은 방 안으로 들어가 우는 아이를 껴안고 나온다.

"젖이나 먹여라, 보자, 빨리 먹이고 갈 데가 있다."

아기 젖 먹여 놓고 갈 데가 있다니 이건 또 무슨 일인지 모르겠다. 툭하면 불러다가 일을 시킨다. 별 하찮은 일인데도 며느리를 불러다가 궂은일을 시키는 시어머니이다. 이번에는 또 무슨 일을 부려먹으려고 이 난리인가 싶다. 그렇지만 삼 의당은 아기를 건네받아 섬돌에 앉은 채 젖을 물린다. 갑자 기 동생에게 젖을 빼앗긴 홍아도 입맛을 다시며 제 어미젖을 올려다본다. 첫딸에다가 연년생으로 계집애 둘을 더 달아 낳왔으니 할 말이 없는 삼의당이긴 하다. 이런 구박을 당할 줄은 몰랐다. 게다가 남편조차 없으니 설움이 복받친다. 그렇다고 '엄니 어디가려고요?' 하고 물어볼 수도 없다. 온갖 궂은일은 다 시켜먹고 욕이란 욕은 다 하며 시집살이를 시키는 시어머니다. 욕을 해도 딸 낳은 자신에게 하지, 애먼 애들한테 하는 욕은 차마 들을 수 없다. 애들이 무슨 잘못이 있다고? 그렇다고 대놓고 대들 수 없는 삼의당이다. 삼의당이 무슨 뜻인가. 삼종지도를 수행하겠다, 언약하고 얻은 당호다.

"나비야, 나비야…."

어른들의 이런 갈등에는 아랑곳없이 나비는 나비춤을 추며 모란꽃에 내려앉는 나비가 된다. 모란꽃에 나비가 없다는 말을 듣고 제가 나비가 된 아이다. 영특하다. 영특하다 못해 귀신이다. 벌써 사물의 이치를 알고 글자도 짚어 읽는다. 매월당이 오세신동이라 하였지만, 나비 역시 신동이었다. 다만 여식이었으므로 이를 어디다 드러내놓고 자랑할 수 없음이 안타까울 정도였다. 소견도 뻔해 제 동생들을 돌볼 줄도 알았다.

"나비야 네 동생들 좀 보고 있으라이…. 엄니 잠깐 할머니 따라 갔다 올 테니까."

모란이 필 즈음이면 춘궁기다. 너나없이 청보리순을 잘라다가 된장국을 끓여 배를 채워야 한다. 그런 일쯤이야 오락당 혼자 해도 될 일인데 꼭 며느리를 앞장세운다. 어제도 어

린 것들만 집에 떼놓고 보리순을 자르러 갔었다. 벌써 뱀이
나와 혼겁을 하고 오줌을 지릴 뻔했다. 그까짓 거 그게 뭐 무
섭다고 그 난리법석이고? 시어머니는 며느리를 닦달할 구실
이 생겼다 싶어 진종일 그 일로 구박을 했다. 그런 일을 하기
싫음 돈을 벌어 오라는 것이었다. 그러면 다른 사람 시켜 사
먹으면 된다는 억탈이었다. 그럴 때면,

'그 돈 벌 벼슬 따러 한양에 가서 안 돌아오는 잘난 아들
있잖아요?'

속으로는 이 말이 날름거렸지만 혓바닥을 누르는 삼의당
이다. 참을 인(忍) 자에서 마음 심(心) 자를 떼내면 칼(刃)이
된다는 것을 알기 때문이다. 배운 사람은 배운 대로 행동해
야 한다. 배워 알면서도 행하지 않으면 아니 아느니만 못하
다 했다.

삼의당은 이번에야말로 제 남편인 당신의 아들이 과거시
험에 붙어 벼슬길 열어 올 것이라는 말로 시어머니를 위로해
야 한다고 생각한다. 그러나 돌아오지 않는 당신 아들에 대
한 원망과 미움을 당신에게 갚음 해야 한다는 생각도 한다.
과거를 보러 올라갔지만, 막상 올라가서는 엉뚱한 짓 하느라
과시를 포기했었다는 소문을 들었다. 게다가 여자를 만나 딴
살림을 차렸다는 풍문까지 나돌았다. 그런 게 바로 당신이
낳은 당신의 아들이 하는 짓이다. 그러면서 애꿎은 내 딸아
이들에게 웬 핀잔이며 저주냐? 세상 모르는 애들이 무슨 잘

못이 있다고? 당신 한번 당해 볼래, 나도 쓸개가 붙어 있는 년이야…. 이렇게 대들고 퍼부어야 한다.

그러나, 그럼에도 불구하고 이번에는 꼭 시험에 응시하겠노라는, 철석같은 약조를 하고 떠난 담락당을 생각하면 그럴 수가 없는 삼의당이다. 그러니 실력이 모자라 떨어진 벼슬자리가 아니니 기다려보자, 시어머니도 다 같은 피해자가 아닐 것인가, 그럴수록 피해자끼리 서로 위안을 삼아야지, 마음을 다독거리는 삼의당이다. 한번 올라가면 돌아올 줄 모르는 함흥차사가 돼버리는 남편에 대한 원망을 접고,

"어머니 좀만 더 기다려보세요. 아범이 돈 벌어 어머니 호강시켜 드릴 날도 머지않았을 테니까요."

이렇게 말하는 삼의당이다. 말해놓고도 우유부단한 자신의 성격을 탓한다. 왜 모질게 대들지 못하는가. 돌아오는 반응을 봐라. 혹시나…가 역시나…다.

"야가 뭐라 카노? 지금 당장 목구멍이 포도청인데 언제 그놈의 녹봉 받아 입에 기름칠한단 말고?"

벌써 그게 몇 번째 듣는 소리냐며 역정을 내는 오락당이다.

"이제 네 말은 콩으로 메주를 쏜대도 못 믿겠다."

"어머님도 참, 아들을 그렇게 못 믿어요?"

이건 자기 자신인 며느리를 믿으라는 소리가 아니라 어머님의 자식인 아들을 믿어보라는 뜻이었지만 말귀를 못 알아듣는 시어머니다. 막무가내다.

"제 속으로 제 낳은 자식이라도 그 다 무슨 소용이고?"

집 나가 딴살림 차린 자식이니 그게 다 무슨 소용이냔 것이었다. 그러면서도 청보리순을 자르러 간 곳은 자기네 밭이 아니라 삼의당네 밭이었다. 멀쩡하게 잘 자란 자기네 밭 보리 놔두고 사돈네 밭에 난 보리순을 잘라다 먹는 시어머니를 두고 뭐라 말할 것인가. 용심이다. 그런데도 삼의당은 아무 말 하지 않았다. 보리순은 잘라 먹어도 또 자라난다. 보리 수확에 영향을 미칠 정도는 아니다. 그런데도 시어머니의 욕심은 자기 것 두고 남의 것부터 먼저 먹고 보자는 심보였다. 참으로 놀부 심보라는 생각이 들었지만 아무 내색 하지 않는 삼의당이다. 혼자 참으면 집안이 화평하다. 그러라고 지어준 이름 삼의당이다. 이름값을 하자면 봐도 못 본 거고 들어도 못 들은 거고, 입이 있어 할 말이 하해와 같아도 입술만 꿰매고 살면 된다. 그게 삼의당이라는 이름의 본체이다. 그건 별어려운 일이 아니다. 그렇지만 집을 떠나기만 하면 감감무소식으로 일자 소식 없는 남편이 원망스러운 것이다. 이쪽에서는 인편으로 편지를 보냈지만 그쪽에 답이 없을 때는 참으로 떨칠 수 없는 불안감이 엄습한다. 공부한답시고 한양 들락거린 지가 벌써 7년째다. 사달이 나도 벌써 무슨 사달이 나고도 남을 세월이다.

'당신은 왜 돌아오지 않아?'

이럴 때일수록 남편의 큰 언덕이 그리운 삼의당이다. 여자는 기댈 언덕이 필요하다. 마치 큰 암소가 언덕을 통째로 베고 누워 여물을 씹어 되새김질하듯 그런 언덕이 그리운 것이다. 삼의당은 문득 아기 젖을 빨리다 말고 시 한 편을 떠올린다. 요즘은 구구절절 남편에 대한 그리움의 시가 떠오른다.

> 여자의 어린 마음 다치기 쉬워서
> 당신 생각날 때마다 매양 시를 읊네요
> 대장부는 마땅히 바깥일에 종사해야 하니
> 머리 돌려 안방에 있는 저 생각하지 마세요

사실 이 시는 남편이 보내온 시에 대한 화답시로서 벌써 써 보냈던 시였지만 다시금 반추해보는 삼의당이다. 담락당이 보내온 시는,

> 사람으로서 뜻 세우는 건 남자의 일인데
> 더군다나 태평성대 훌륭한 임금을 만났네요
> 매양 여관 창문에 밝은 달빛 비출 때면
> 꿈속에서라도 서로 만나 회포 풀자구요

라는, 그리움을 노래한 내용이었다. 그러면서 또 이런 시도 보내왔었다.

죽도록 공부하겠다고 맹세한 내 마음
손에 든 시경 서경 끊임없이 읽는다오
밤마다 그리워 생각나는 당신 어디에 있소
아름다운 그대 구름 속에 단정히 앉아 있구려

삼의당은 이러한 남편의 마음이 흔들릴까 봐,

대장부가 어찌 여자 행실 배우겠어요
우리 임금님을 요순같이 만들 때랍니다
정겨운 편지에 쓰신 그립다는 말씀
안방의 부녀자들이나 하는 말씀이네요

  하여, 공부에 지장이 있을까 봐 염려하는 시를 보냈었다.
하지만 그게 언제 적 일인가? 벌써 해를 넘겼다. 그사이 셋
째를 낳고 백일이 지나 바깥에 데리고 나와 아기 젖을 빨리
는 지금에 와서도 한번 떠나간 후로는 돌아올 줄 모르니, 아
무리 무소식이 희소식이라지만 이 아니 염려스러운가. 이제
는 돈도 떨어질 때가 되었다. 그동안 집안에 남은 값진 물건
은 다 팔아 올려 보냈고 지난번 한양 올라가는 인편에 서찰
을 부칠 때는 이게 아마 마지막이 될 거라며 집안 가보로 내
려오던 탁영금까지 팔아서 보냈다. 이심전심이라는 말이 있
다. 서로 온 마음을 다 바쳐 생각하면 거리와는 상관없이 서

로 상통하는 기운을 본다는데 이게 영 통하지 않는다. 이는 어느 한쪽이 딴생각을 하고 있기 때문이 아닐 것인가. 그런 때면 삼의당은 '당신은 대체 어디서 무얼 하고 계시지요?' 궁금해 하며 '들리는 소문들은 그게 다 헛소문이겠지요?' 하고 위안을 삼았다.

그렇다. 사람이 서로 다른 짓을 하면 마음의 연줄이 닿지 않는다. 마음 줄이 닿아야 꿈이라도 꾸는데 꿈조차 없다. 사람은 뜻과 행동이 다를 때가 있다. 마음은 원이로되 몸이 따르지 않을 때가 있다는 말이 되겠다. 몸 따로 마음 따로 일 때가 얼마나 많은가. 서로 다른 이 두 괴리감을 일컬어 갈등이라 한다. 칡과 등나무가 서로 얽히는 것을 갈등이라 하는데 이를 풀지 못하면 결국엔 둘 다 죽고 만다. 글에서는 구구절절 공부를 잘하고 있고 나라를 위해 일할 각오로 임군을 섬기고 있다, 이렇게 썼지만 사실 이 무렵 담락당은『을병연화록』이라는 남의 글을 필사하고 있었던 것이다.

담락당의 한양 생활을 한번 들여다보자.

『을병연화록』은 담헌 홍대용이 청나라를 다녀온 후 쓴 기행문으로 연암 박지원의『열하일기』, 김창업의『노가재연행일기』등과 함께 한창 장안의 인기를 끌고 있었다. 이 글을 원하는 수많은 독자들에게 보급을 하자면 많은 인력을 들여 필사를 하는 작업이 선행되어야 했다. 홍대용은 비록 음사 출신이긴 했지만 임금의 총애를 받고 '혼천의' 같은 기구를 만들어 세상을 깜짝 놀라게 한 실학자로서 과거시험을 치르러 올라왔던 시골 서생들에게 있어선 선망의 대상이었다. 일만 잘하면 구차하게 과시를 치르지 않고서도 등용될 수 있다는 새로운 본보기가 되는 인물이었다. 하여 과거를 작파하고 저들의 책을 필사해 배본하는 일에 매달리는 서생들이 여럿 있었다.

담락당이 이 일에 매달리게 된 이유는 그런 인기 있는 글을 필사함으로써 자신의 문장력을 기르려는 욕심도 있었지만, 지난번 안의에서 만났던 연암 박지원의 말 때문이었다. 훈장과 함께 안의를 찾아가 현감이 된 연암을 만났을 때,

"자네 소설은 잘돼 가는가?"

하고 소설 쓰는 일이 잘돼 가느냐고 물었음은 물론이고, 소설을 써 세상에 알리자면 한양에 가 좋은 선배들을 사귀어두라는 충언까지 해주었기 때문이었다. 소설은 쓰는 것도 중요하지만 쓴 글을 출간해 세상에 알리는 출판이 더 중요하다는 이야기였다. 글을 아무리 많이 써놔도 책으로 만들어 보급되지 않으면 소용이 없다는 이야기였다. 그러자면 일전에 만났던 북학파 신진들을 잊지 말라는 조언이었다. 저들과 함께해야 책 만들고 배포하는 일을 배울 수 있을 거라는 충고였던 것이다. 한양을 다시 올라온 것도 이 때문이지 굳이 과거시험을 치르러 온 담락당이 아니다. 학문에는 아무 소용

에 닿지 않는 순수학문도 있다 하였다. 그는 과시를 위한 공부가 아니라 학문을 위한 학문을 하고 싶었다. 그게 바로 인문학이다. 소설이나 기행기 같은 글이 바로 그 인문학에 속하는 학문이라 하였다. 인간이 살아가고, 살아내는 이야기다. 아내를 속이고 올라온 점이 미안하기는 했지만 일단 성공을 하고 나면 아내도 이해해줄 걸로 믿고 있는 담락당이다.

담락당은 그 이름이 말해주듯 즐기는 일에 주저하지 않는다. 따라서 주변에 모여드는 인물들이 많다. 그가 만나는 사람들 중에는 현재 실세로 부상되고 있는 북학파 인사들 외에도 아직 백면서생인 시골 선비들이 많았다. 그중에 하정팔이라는 청년이 있었다. 나이는 한 살 위였는데 같은 일가라 항렬을 따지고 보니 손아래 조카뻘이 되는 경상도 산청 사람이었다. 산청과 남원은 지리산을 사이로 동·서 경계지간이지만 따지고 보면 윗대 할아버지 하집의 생가가 있는 곳이기도 했다. 고려시대 무신이었던 하집의 후손이 하연이고 하연의 후손이 하경천이고 그의 아들이 하립이다. 더 이상 족보를 따질 겨를도 없이 두 사람은 죽이 맞아 친구가 되어 어울리기 시작하였는데 그에게는 매달 올라오는 향토장학금이 있었다. 당연히 술값을 감당하는 건 조카 몫이 되었다.

"아재, 아재는 애들이 보고 싶지 않나?"

술이 거나하게 된 어느 날, 먼 조카가 먼 친척 되는 아재에게 집에 두고 온 아이들이 보고 싶지 않느냐는 물음을 던졌다.

"왜 보고 싶지 않겠어? 그러나 내겐 딸밖에 없어야."

"딸자식은 어디 자식이 아니유?"

"그런 말은 말도 마, 우리 엄닌 이것들이 나가 죽었으면 해."

딸이 연달아 셋이라는 하소연을 하며 담락당은 이 일로 고부갈등이 심하다는 이야기를 한다. 이 일로 받는 며느리의 고통을 옆에서 지켜볼 수가 없다는 이야기다. 그 어느 누구의 편도 들 수 없는 가당찮은 고부 싸움이다. 어머니 편을 들자니 아내 보기 미안하고 아내 편을 들자니 더 큰 벼락이 떨어질 것 같다는 속마음을 털어놓는 담락당이다. 웬만해서는 불만을 토로하는 성격이 아닌 호방한 사람이 이렇게 나오니 조카가 그럴듯한 조언을 하나 한다.

"굳이 그렇게 서로 으르렁거리며 살 필요가 있어요?"

"그렇게 안 살면?"

"사내자식 잘 뽑아내는 여잘 하나 더 얻어요."

아서라, 그런 말은 하들 말라는 담락당이다. 오로지 일편단심 삼의당뿐이란다. 그와는 보통 인연이 아니라 삼 세 전부터 맺어온 뿌리가 있다 한다.

"그러면 이렇게 하시지요."

"어떻게?"

세상은 넓고 살 만한 곳은 많다. 게다가 전라도 땅 마이산

자락에 하씨 문중의 땅이 좀 있는데, 하도 구석진 데라서 눈여겨보는 사람도 없고 해서 자기가 챙겨놓은 그중 한 필지를 주겠다는 솔깃한 이야기를 한다. 그냥 거기 가묘를 하나 써두었을 뿐인 종중산이라는 것이었다. 마량에 종중산이 있고 거기 선산이 있는 것은 담락당도 잘 알고 있다. 거기 묘사를 지내러 갔던 일도 있고 어른들로부터 들은 이야기도 있다. 돈 주고 산 것도 아니고 나라에서 준 훈공으로 얻은 산인 데다가 워낙 넓은 면적이라 각 문중 공파별로 배분했다. 그중 어느 한 귀퉁이 눈먼 땅이 자기 것이니 그걸 거저 주겠단다. 너나 할 것 없이 틈만 나면 종중 살림 들어먹는 것이 예삿일이 아니던가.

"그게 내 앞으로 돼 있는 땅이니까 내 맘대로 처분할 수 있어요."

"어떻게 그런 일이?"

"그런 일이 어디 한두 가지입니까?"

진양 하씨 집안은 대대로 나라에 공을 세운 사람들이 많아 국록도 만만찮게 받아 누렸지만 전국 곳곳에 하사받은 전지들이 새똥처럼 널려 있는데 문서로만 남아 있지 실제로 그게 어디 붙어 있는지도 모르는 땅이 수두룩하다는 것이었다. 그러니 그걸 하나 떼줄 터이니 거기 가서 농사나 짓고 살란다.

"나도 그 땅이 어디 있는지 가보진 않았어요. 그렇지만 거기다 허묘를 하나 써 봉분을 지으라 시켜놓았으니 그 부근을 잘 일구어 농사나 짓고 살면 되지 않겠습니까?"

그걸 거저 주겠다는 이야기다. 토지대장에만 문중 이름으로 그렇게 돼 있지 아무도 눈독 들이는 사람이 없어 슬쩍했다는 것이다. 그러면서 지번을 적어준다. 마음이 생기면 언제라도 거기 가 살아도 된다는 뜻밖의 제안이다.

"날더러 거기 가서 묘지기라도 하란 말이냐?"

어림도 없는 소리 말라 한다.

"묘지기라니요? 아재더러 묘지기라니요?"

어림 반 푼어치도 없는 소리란다. 아무리 공파가 다르고 사는 곳이 달라도 이렇게 만난 사이인데, 이것도 다 하늘이 도와 만난 인연인데 그럴 리야 있겠느냐, 땅은 분명히 거저 줄 것이고, 나중에 '나 죽어 갈 곳 없으면 그 가묘 자리나 내 달란'다. 그러면서 하는 말이 귀를 솔깃하게 한다. 그곳에 가묘를 써두라고 권한 어떤 지관의 이야기인데, '거기 내동산 신암골에 뱀샘이 있는데 그 물을 마시고 소원을 빌면 원하는 대로 아들을 낳는다'는 것이었다. 그 까닭인즉슨 암마이산과 수마이산의 정기를 받아 서녘으로 내리뻗던 말잔등이 마지막으로 치솟은 봉우리가 내동산인데 그 뱃속 깊은 곳이 여자 자궁에 해당하는 곳이고 거기서 솟는 샘이 바로 뱀샘이라는 것이다. 그리고 그 능선을 따라 주욱 내려가면 풍혈이 있는데 그 풍혈은 말이 방귀를 뀌는 지역에 해당하므로 일대가 늘 구린내 나는 안개로 덮여 있다 했다. '나는 가보지는 않아

잘은 모르겠는데 언젠가는 한번 가볼 생각'이라며, 아재가 거기 가 살면 그럴 기회도 만들어주는 게 아니냐는 이야기를 천연덕스럽게 하는 조카의 말을 듣다가 담락당은 문득 그 때 그 일을 떠올린다. 그때 덕밀암 누더기 스님도 이와 비슷한 이야기를 했었다. '마이산에 아들 낳는 샘이 있다, 거기 가서 빌면 득남을 할 수 있다.' 그런데 사주팔자에 백호살이 끼어 있어 하나를 잃어야 하나를 얻을 수 있다 하였다. 백호살이 뭔가. 길을 가다가 호랑이를 만나 지레 겁먹고 죽는다는 이야기이겠다. 도대체 누더기의 말은 종잡을 수가 없어 아이가 죽는다는 말이었는지 어른이 죽는다는 말이었는지 그 뜻을 분간할 수가 없었다. 왜 갑자기 또 그 생각이 떠올랐을까. 또다시 미몽에 사로잡히는 담락당이다. 그런데 하정팔이 뜬금없이 무덤 이야기를 한다.

"아무리 우리 사이가 죽고 못 사는 사이라 해도 내 죽어 묻힐 묏자리를 공짜로야 주겠소?"

그러면서 지금 자기가 하려는 일을 하나만 도와달라는 것인데, 연모하는 여인에게 보낼 글 하나를 써 달라는 별 어렵지 않은 청이었다. 그것도 하나의 거래가 되기는 하겠다. 서로 주고받는 것이 있어야 거래가 성립된다. 담락당은 이 무슨 횡재인가 싶어 그렇게 하자 한다. 쇠뿔은 단김에 빼라고, 취기에 오기를 부려,

"그럼 내 지금 당장 그 여인에게 보낼 글을 써줄 테니까 자

네는 그 땅문서를 내게 넘긴다는 수결을 해서 넘기게."

라며 지필묵을 가져오라 한다.

"허, 이 아저씨 성미 한번 급하오."

이렇게 하여 담락당은 여인에게 보내는 연서를, 그것도 찬란한 모란꽃 위에 내려앉은 나비를 곁들여 일필휘지 해주었고 그는 그 땅을 양도한다는 증서를 써 수결해주었다. 담락당은 문인화 한 장으로 땅뙈기를 얻었다. 참으로 남는 장사다. 그러나 허탈한 심정으로 이렇게 자위한다.

"허, 연애편지 한 장으로 집 짓고 살 만한 땅을 얻다니?"

"어차피 대필 인생 아니었소? 잘난 놈들 기행기나 필사해주고 쥐꼬리만 한 사경비 받아 쓰는 것보다야 남는 장사 아니겠소?"

생색을 내는 조카다. 이름만 조카이지 벌써 몇 대를 넘겨 딴 제사 지내는 문파다. 공파가 다르면 서로 남남이다. 그러면서도 일가붙이라고 서로 껴안는 것은 힘을 합해도 살아남기 힘든 객지 생활을 이겨내야 하기 때문이다. 한양 생활은 이렇듯 뒤죽박죽 황당무계 그 자체였다.

그러나 한 가지 분명한 사실은 이런 생활 자체가 작가의 생활이라는 것이었다. 작가의 생활은 모든 게 체험이다. 술을 마시든 여자를 탐하든 작가의 체험은 글을 쓰는 데 도움이 되는 글감이다. 그는 이제 작가 생활에 돌입하였다는 생각을 한다. 참으로 요지경 같은 게 한양이다.

'내가 이러면 안 되는데….'

담락당은 그러면서도 작가의 길을 가기로 다짐을 한다. 주변에 보이는 북학파 사람들은 새로운 기운을 불어넣는 나라의 중추적인 인물들이다. 특히 다산 정약용 같은 사람은 새로운 도시 건설을 위해 수원성을 축성하고 있는데 사람의 힘으로는 들어 올릴 수 없는 큰 바위도 끌어 올릴 수 있는 거중기를 만들어 공사효과를 백 배 드높이고 있다는 소문이고 안의 현감 박지원은 물레방아를 만들어 농사짓는 농민들의 고초를 더는 생활의 편의를 도모하고 있다는 소식이다.

한양에 앉아 있으면 전국 각지의 소식들이 파발마를 통해 속속 들어온다. 이 파발마를 통해 서찰이나 물품들도 전해진다. 세상 돌아가는 일이 훤하게 보이는 한양이다. 담락당은 이제 한양 생활의 이 편의성에 젖어, 두고 온 식솔들 생각은 까마득하다. 게다가 그 보내 오는 편지 속에 든 돈이 아내의 머릿단과 비녀를 팔아 마련한 피 같은 돈이라는 생각은 하지 못한다. 또 집안에 남은 마지막 가보인, 탁영 김일손의 손때가 묻은 탁영금을 팔아 올린 돈까지도 허랑방탕하게 써버리고 있다는 생각은 꿈에도 하지 못한다. 각오와 다짐이 있고 허물어짐이 한데 어우러져 돌아가는 세상이다. 한양이란 그런 곳이다.

이날도 담락당은 하정팔을 따라 술집행이다.

"아재한테 향토장학금이 올라왔다고요?"

"그래, 그러니 한잔해야 되지 않겠어?"

"암요, 암요. 그런데 오늘은 제가 새로운 집으로 모실 테니까 아무 말 말고 따라만 오세요."

운이 좋으면 아재도 목구멍에 쌓인 묵은 때는 물론이고 사타구니에 낀 홀아비 냄새까지도 씻을 수 있을 거라 익살을 부리는 하정팔이다.

"이게 다 아재 덕분이라구요."

지난번 그려준 문인화 덕분에 여자를 하나 홀려놨다는 이야기인데 그 앞에서는 아예 그림 이야기 같은 건 꺼내지도 말아달라 당부를 하는 조카였다. 그러다가 들통나면 본색 드러난다는 것이었다.

"그렇다면 오늘 들통을 내야 하겠군?"

"허어, 왜 이러십니까. 이 조카 애간장 떨어뜨려서 뭐 하자는 겁니까."

두 사람은 휘적휘적 걸어 운종가를 지나 백탑골목으로 들어선다.

"새로운 집을 개발해놨다 해놓고 왜 이곳으로 오는가?"

"집이 문제이겠습니까? 사람이 문제이지…."

"어디 두고 보지, 어디서 어떤 사람을 불러다 놓고 이리 큰 소리인지?"

"사람이 아니라 여자라니까요?"

"여자는 어디 사람이 아닌가?"

"하기사, 아재는 여자라면 까무러치도록 경기하는 사람이지요."

"까무러치기는…."

줘봐라, 못할 사람 어디 있을 것이냔 담락당이다. 그런데 늘 드나들던 오두막집으로 들어가는 하정팔이다. 집은 오두막이었지만 안은 꽤나 넓은 텃밭까지 가지고 있는 백탑 뒷집이다. 봉창으로 백탑의 탑신이 내비쳐 거기 앉아 술을 마시며 감상에 젖곤 했던 곳이다.

"집은 옛집이로되 사람은 옛사람이 아니라니까요."

집주인이 바뀌었다는 이야기다. 집주인이 바뀌었을 뿐만 아니라 그 안주인의 주인이 바로 자기라고 기염을 토하는 하정팔이다.

"이 하정팔이 누굽니까? 이 집을 통째로 접수했다는 거 아닙니까? 난 아재 같은 문재를 타고난 사람이 아니니까 차라리 이 길로 나서서 물장사나 하려고 해요."

기고만장이다. 집을 통째로 빌렸다, 도 아니고 통째로 접수했다는 것이다. 그리고는 지난번 그려준 그림과 시문을 가지고 거기 걸맞은 여걸을 낚아 왔다 허세를 부리는 하정팔이다.

"기둥서방이라도 됐단 말이냐?"

"기둥서방이라니요? 말을 하셔도 곱게 하셔야지요."

"뭐시라?"

"후원자요."

하정팔은 이 집을 통째로 사 여자에게 주어 장사를 하게 하였다 한다. 그게 다 지난번 그려준 모란도와 곁들여 써준 시문 덕분이라는 것인데 그게 사실인 것 같았다.

이날 여기서 두 사람이 함께 곤드레만드레 곯아떨어진 건 물론이려니와 얼결에 처음 보는 여인을 끼고 잤음은 숨길 수 없는 사실로 남았다. 이름 그대로 담락당이 돼갔던 것이다. 그뿐만이 아니었다. 그렇게 안 치겠다던 과거 시험을 치르기로 하고 그 답안지를 서로 바꿔치기하자는 약조까지 했다. '아재, 저는요, 큰 벼슬은 원치 않아요. 그저 서생원 소리만 듣지 않게 해주면 돼요.' 그러니 답안을 너무 잘 쓸 생각도 말고 그저 그렇게만 써달라는 당부였다. 아재는 어차피 벼슬에 관심이 없는 분이니까 대리시험 한 번이면 앞으로 평생 마실 술과 여자는 보장한다는 하정팔이었다.

"세상은 넓고 재미난 일은 많다."

그걸 즐기라는 담락당이 아닌가. 병정 구두를 신으면 차고 싶고 칼을 차면 내려치고 싶은 게 인간이다. 갓 쓰고 장죽 물면 여봐라 종 부리고 싶고 어여쁜 여자 보면 품고 싶은 게 남정네다. 하물며 그 이름이 담락당인데 뭐 어쩌랴. 아무리 시시한 삶이라도 귀하게 살면 귀해지는 것이다. 오늘 이들에겐 이처럼 고귀하고 우아한 삶이 없었다. 기고만장하여 세상을 눈 아래 깔고 피맛골이 아닌 대로를 활보하며 다니고 싶은 것이다. 매일매일 쪼들리는 생활을 하다가 매일매일 주지육림 속을 휘젓고 살 수 있다는 것을 가슴이 시켜서 하는 생활이라고 생각하는 담락당이다.

그는 여기서 '백탑'이라는 소설을 썼다. 백면서생이 한양에 올라와 출셋길을 열어나가는 과정에서 생긴 우여곡절 파란만장한 이야기들이다. 그중에는 이런 이야기도 들어 있다.

어떤 동네에 좀도둑이 들어 장롱 속에 감춰둔 소 판 돈을 털어 갔다. 분명히 아는 자의 소행 같은데 증거가 없다. 그는 용하다는 점쟁이를 데려와 굿을 하고 사람들이 지나다니는 삼거리에 구덩이를 파기 시작했다. 동네 사람들이 물었다. '구덩이는 왜 파오?', '이 구덩이에 저걸 묻어두면 지나가는 도둑놈이 역병에 걸려 죽을 것이며 삼대를 통해 천벌을 받게 하는 영험을 가진 물건이라오.' 빨간 보자기에 든 물건이 무엇인진 모르겠지만 지금까지 수많은 도둑을 병들어 죽게 한 신비롭고도 영험한 물건이라 하였다. '쳇, 그런 일이 다 있을라구?' 동네 사람들은 아무렇지도 않게 삼거리를 지나다녔지만 유독 한 사람, 을출이라는 이름을 가진 김가만은 삼거리를 피해 멀찌감치 돌아야 하는 다른 길로 다녔다. 이를 단서로 자초지종을 밝혀냈다는 이야기다.

어쩌면 자신의 체험담을 소재로 한 전기인지도 모를 이 이야기를 그는 굳이 소설이라 우겼다. 이 이야기는 그가 처음 상경하던 때 오수의 주막집에서 벌어진 도둑 잡은 실화를 극

화한 것이다. 그때는 보따리를 묻은 게 아니라 똑같은 심지를 뽑으면서 실제 도둑질을 한 사람 손에 들어간 심지는 이만큼 자라나게 돼 있는 풀이파리라고 하였더니 실제 도둑이 그 풀잎을 잘라 짧은 심지를 디밀었다는 이야기다. 흔히들 아는 이야기라도 글로 꾸며서 쓰면 재미가 솔솔 붙는다.

담락당은 저잣거리에 흘러 다니는 시시껄렁한 이야기를 모아 모아 재미있게 문장을 만들었다. 그러면서 세종대왕이 만든 나라말씀으로 쓴 한글 소설이라 포장하였다. 이제는 작품을 들고 가서 보여줄 필요도 없이 사람들이 이리로 몰려들고 있었다. 독자가 생긴 것이다. '야, 문인화 한 폭에 주막과 주모가 덩굴째 굴러들어올 정도라면…' 하고, 주인공의 그림 솜씨를 부러워하는 독자도 있다. 이는 분명히 칠칠이 최북을 주인공으로 그려낸 소설일 거라는 추측들을 하기도 했다. 당시 운종가와 탑골을 잇는 피맛길 사이에는 칠칠이 최북의 발길이 안 닿은 곳이 없었고, 돈과 권세만 믿고 까부는 양반의 초상화를 그려주지 않기 위해 스스로 자기 눈을 찔러 애꾸눈이 되었다는 자유인 그림쟁이 최북의 신화가 끊이질 않았다.

"야, 이 소설 죽여주는데?"

"소설이 뭐야?"

"시시껄렁한 잡사들을 모아 쓴 글인데 재미로 보는 거지."

"그런데 이것 봐라, 답안지 바꿔치기한 값으로 평생 술값에 여자라…. 거기다가 시골에 살 집터까지?"

소설은 현실과 상상의 접합에 땜질한 흔적이 없어야 한다. 천의무봉이 이에 합당한 말일 것이다. 그는 이러한 소설들을 마구마구 써냈다. 하여 인기 작가가 되었다. 장안의 화젯거리가 생겼다.

"그건 그렇고 작가님 여기 계시니까 내가 물어보겠는데 이게 사실이요, 지어낸 거짓 이야기요?"

그게 알 수 없다는 좌중을 향하여 담락당은 이렇게 일갈한다.

"소설은 허구란 말씀이야."

허구란 지어낸 말이란 뜻이다. 소설가 자신도 이게 실제 있었던 이야기인지 지어낸 이야기인지 알쏭달쏭하도록 술에 취했으니 과연 그 이름에 걸맞은 담락당이다. 담락당은 저도 모르게 매설가(賣說家)가 되어 있었다. 전기수는 남의 소설을 읽어주고 돈을 받는 사람이었지만 매설가는 아직 명문화시키지 않은 자기 소설을 육성을 통해 그대로 들려주는 소설가를 일컫는다.

그의 한양 생활은 이랬다.

한쪽이 이렇듯 파락호 생활을 하는 동안 또 다른 한쪽은 점점 어려움에 처해갔으니 이를 깨우쳐 올릴 만한 경종이 필요하다. 길로 치면 중도요 높낮이로 치자면 수평이다. 이게 없으면 한없는 파국으로 치달을 수밖에 없다. 아니면 하늘 높은 줄 모르고 치솟을 수도 있다. 소설의 주인공에겐 반드시 변곡점이 있기 마련이다. 이쯤에서 이 파락호의 한양 생활은 일단락을 내린다.

그렇지만 그 경종은 몰래 숨어드는 어둠의 빛처럼 야금야금 스며들어 아무도 눈치챌 수 없는 사이에 이루어진다. 이런 걸 두고 재앙이라 한다. 재앙에는 삼재가 있다. 미리 예고된 재앙이다. 무슨 일이거나 어떤 재앙이거나 갑자기 닥치는 일은 없다. 인간의 감각으로 그 징후를 알아차리지 못했을 뿐이다. 천재지변의 징후가 일어나면 쥐들은 꼬리에 꼬리를 물고 이사를 하고 개미 떼들도 굴속을 나와 높은 곳으로 피신을 한다. 미물도 재앙의 전조를 아는데 인간만이 이를 모르고 지나다가 재난을 당한다. 이날도 그랬다.

"나비야, 엄니 외할머니 댁에 좀 다녀올 테니까 동생들 잘 보고 있어라."

"예, 오마님."

나비는 이름 그대로 훨훨 나는 나비처럼 예쁘게도 잘 자랐다.

다음에 태어난 홍아 역시 여식이었지만 예뻤다. 그리고 또 하나, 셋째는 정식으로 이름을 지어 부르기도 전에 세상을 떠버렸다. 이즘 아이들은 하도 홍역에 잘 걸리고 태어나 한두 살이 지나기 전에는 마음을 놓을 수가 없어 아예 홍역을 치른 다음에야 이름을 지어 불렀다. 홍역이 지나가기 전에는 정을 두지도 호적에 올리지도 않는 세태라 이름 없는 아이들이 수두룩했다. 아무리 그렇다 하더라도 셋째를 잃은 건 너무나 황당한 일이었다. 잠깐 한눈팔다가 돌부리에 걸려 넘어지는 일보다도 더 어이없는 일이었다.

삼의당은 첫째한테 온갖 정성을 다 들였던 터라 셋째는 본의 아니게 소홀할 수밖에 없었다. 그도 그럴 것이 시어머니 되는 오락당은 더 이상 이런 꼴은 못 본다며 아예 강보에 싼 채로 강에다 갖다 버리려 했던 아이였다. 그런데 그 아이가 까닭 없이 죽어버렸다.

삼의당은 약도 한 첩 못 써보고 끝내 숨을 거둔 아기를 보고 혼절해버렸다. '계집애한테 약은 무슨 약? 죽을 거면 속 썩이지 말고 그냥 곱게 죽어라'는 시어머니 오락당네였다.

"제수씨, 아기는 우리가 묻고 왔구만요."

기와공장에서 일하던 이락당이 마침 집에 있는 날이어서 사락당을 데리고 가 아기 시신을 거두어 매장했노라 했다. 아기가 죽으면 그저 거적에 둘둘 말아 뒷산 애장터에 가 소나무에 걸어두거나 돌을 쌓아 짐승이 물어뜯지 못하도록 하는 게 상례인데, 그래도 독에 넣어 땅속 깊이 파묻는 독장을 했다 한다. 어찌 이런 일이 있을 수 있을 것인가. 남편도 없는 집안에 우환이 겹치고 겹친다. 얼마 전에는 넷째 동서 이 씨가 죽어 상문을 다녀온 뒤 조문을 써 남겼던 삼의당이다.

"사람 목숨이 어찌 파리 목숨만도 못하단 말이냐. 초상이

나면 줄초상이 난다더니 이게 무슨 날벼락이냐?"

친정어머니 특골댁은 기어이 목숨을 부지하지 못한 외손녀의 주검을 어루만지며 시신에서 떨어질 줄 몰랐지만, 시어머니 오락당네는 '그까짓 게 뭐라고?' 하면서 곰방대에 담배만 재어 물었다. 차라리 잘됐다는 투였다. 아무리 두 눈 감고 봐주려 해도 봐줄 수가 없는 시어머니다. 어떻게 이럴 수가 있는가? 나비를 낳았을 때도, 둘째 홍아를 낳았을 때도 그 홀대를 하더니, 이건 아예 악담 정도가 아니라 저주를 퍼붓는다.

"새끼야 또 낳으면 된다. 그깟 일로 훌쩍거리기는….”

"그게 어디 맘대로 된답디야? 그렇게 따지고 들자면 사내 꼬투리 못 달고 나온 게 씨가 나빠서 그렇지 밭이 나빠서인감?"

드디어 사돈 간에 싸움이 붙었다.

"죽은 자식 불알 만지기여. 이제 와서 그런 걸 따져 뭘 헌디야?"

"그래, 오락당네는 사내 자슥 줄줄이 낳아 무슨 덕을 그렇게 보는 기요?"

그렇게 잘났다면 왜 과거시험 한번 붙지 못하고 허구한 날 낙방이며 돈 벌어 오는 자식이 있나, 그렇다고 벼슬자리에 앉은 아들이 있나, 할 수 있는 약점은 다 잡아 부아를 돋운다. 어머니 이제 그만하세요, 하고 싶었지만 친정어머니라도

나서서 시어머니를 대척해주니 속으로는 속이 시원한 삼의
당이다.

"악담 퍼부어봤자 하 서방은 이제 그 집 자식인 게여."

데릴사위로 취해 갔으니 낙방을 해도 그 집 낙방이요, 성
공을 해도 그 집 성공이라는 오락당이다.

"이제는 우리와 아무 상관 없는 버린 자식이랑게?"

"하이구야, 말이나 못 하면 밉지나 않지. 이 판국에 남의 맴
긁지 마소이? 가뜩이나 가슴 아픈 아 어미 들으면 오락당네
다시는 안 볼라 할 거구만요?"

"헹, 안 보면 누가 겁나겠다."

삼의당은 혼절한 듯 가만히 누운 상태로 두 어른들의 싸움
질 소리를 듣고 있다. 유치찬란한 싸움이다. 마치 마당에 뿌
려준 한 줌 모이를 두고 서로 피 튀기며 볏을 쪼는 닭싸움
같다.

이럴 때 담락당이 있었으면 얼마나 좋았을 것인가? 이번
에도 억지로 등 떠밀어 과거 시험장으로 몰아넣고 이 지경을
당했으니 이걸 무어라 해명할 것인가. 그러면 그럴수록 그
가 했던 알쏭달쏭한 말이 떠오른다.

'점쟁이 말은 들을 필요도 없지.'

언중유골이 있는 것 같아 그게 무슨 말이냐고 물어보려 했
지만 꼬치꼬치 캐물어보지 않았던 말이다. 혼잣말로 중얼거
리기를 무슨 살이 끼었다고 했던 것 같은데 흘려듣고 말았

다. 그런데 이런 사달이 났다. 그러니 그 말이 못내 걸리는 삼의당이다. 그 누더기 점쟁이라는 사람이 아기에 대해 무슨 말을 했던 것일까? 두 사람 만남을 예언했듯, 그 아이들에게도 무슨 알 수 없는 신탁이 내려져 있었을까? 모든 우주 운행이 운명 지워져 있는 것이라면 아이들의 운명도 예정돼 있을 수 있다. 그게 조물주의 뜻이라면, 그게 우주 만물 운행의 법칙이라면 그럴 수는 있을 것이다. 천체운행은 황도대를 따라 움직인다, 여기에는 일정한 법칙이 있다. 우주 삼라만상이 우주 법칙에 따라 생성과 소멸을 거듭한다. 그렇다면 인간에 있어서도 마찬가지일 수밖에 없는 일, 삼의당은 이제 읽기 시작한 주역의 산법을 생각하며 죽음을 필연적인 것으로 받아들이려고 애쓰고 있다. 모든 게 순환의 법칙에 따르는 것이라면 인간으로서는 어쩔 수 없는 불가항력이 죽음이라는 형태로 다가온다.

그러나 아무리 그렇다 치더라도 이 지상에 내려온 지 얼마나 됐다고 그 생명을 앗아갈 것인가. 시랑고랑 앓아눕기라도 했으면 약 처방이라도 해봤을 텐데 그것도 못 해보고 아이를 보낸 게 못내 한스럽다. 붓을 들어 이 얄궂은 운명에 대해 저항해본다. 글로는 못할 말이 없다. 때문에 글을 쓴다. 글로써 가슴의 한을 풀어내고 나면 숨통이 트인다. 편지를 쓰는 일은 소식을 전하는 일이지만 조문을 쓰는 일은 시를 쓰는 거나 마찬가지로 그리움을 담아내 분출시키는 자기 정화작용이다. 얼마 전에도 넷째 동서 이 씨를 조문하는 제문을 써 마음을 진정시킨 일이 있다. 이렇게라도 하지 않으면 미쳐 죽을 것이다.

    살고 죽는 것은 누구나 한번은 거치는 일이요, 오래 살고 일찍 죽는 것은 사람이 마음대로 할 수 없는 일이다. 그런데 어찌 살아서 잠시 깃들어 사는 것을 기뻐하고 죽어서 돌아가는 것을 슬퍼하는가? 또 살아서 근심만 끼치면 죽느니만 못하고 오래 살면서 착하지 못하면 일찍 죽는 것만 못하다. 너는 갑인년 오월에 태어나서 이듬해 을묘년 늦봄에 죽었으니 네가 세상에 산 것이 며칠이나 되며 네가 나에게 사랑을 받은 것이 또한 몇 달이나 되느냐?
    나는 네가 죽은 것을 다행으로 여겨 슬퍼하지 않는다. 네가 만약 젖을 떼고 자라면서 스승의 가르침을 받아 말을 공손하게 하고 용모를 유순하게 하며 삼과 모시 길쌈을 하고 누에 실을 뽑아 비단을 짜며 베를 짜서 옷을 만들고 수를 놓는 등의 여자 일을 배우다가 하루아침에 나를 버리고 요절했더라면 내 슬픔이 어떠했겠느냐? 또 네가 비녀를 꽂고 성인이 되어 첫닭이 울면 일어나 세수하고 양치질하며, 머리털을 싸매고 머리를 빗질하며, 노리개를 차고 향주머니를 달아 향내를 풍기며 아침인사를 드리면서 부모를 모시다가 하루 저녁에 나를 버리고 죽었다면 나의 슬픔이 또 어떠했겠느냐?

너는 이런 지경에 이르지 않고 갑자기 죽었기 때문에 내가 너의 죽음을 다행으로 여겨 슬퍼하지 않는다고 말한 것이다. 또 지금 사람들은 살아서 부모를 잘 봉양하지 못하여 부모가 천수를 다 누리지 못하게 하면 이보다 더한 불효가 없으니 어찌 너처럼 일찍 죽는 것만 하겠느냐?

오래 살면서 집에 들어와서는 불효하고 밖에 나가서는 공경스럽지 못하며, 말이 믿음직스럽지 못하면 이보다 더한 불초함이 없으니, 차라리 너처럼 일찍 죽는 것이 낫지 않겠느냐? 그래서 나는 사람이 살고 죽는 것을 가지고 근심과 기쁨으로 삼지 않는다.

삼의당은 딸을 잃는 심회를 아무렇지도 않은 듯 이렇게 적기는 했지만 글은 그렇게 적었지만 글을 만들어내는 심장은 찢어지는 아픔이다. 아픔이 아플수록 이를 감추기 위한 몸짓이 있기 마련이다. 아직도 팅팅 분 젖꼭지에서 젖물이 뚝뚝 흘러나오고, 아직 이도 나기 전 잇몸으로 젖꼭지를 빨아대던 감촉이 그대로 남아 있다. 이럴 줄 알았더라면 젖이라도 마음껏 빨도록 내버려뒀어야 하는 건데 젖배조차 골렸다. 동생이 생겼는데도 둘째까지 젖을 달라고 칭얼대며 보챘으니 감당이 불감당이었다. 삯바느질에 매달려 일을 하는 데 골몰해울다가 지쳐 잠든 아이의 입술에 붙어 그 메마른 입술을 빨아먹으려는 파리를 보고도 쫓아주지 못했다. 차마 이를 보다못한 첫째 나비가 손바람을 일으켜 파리를 쫓아주었지만 그어미의 머릿속에는 '노승발검(怒蠅拔劍)'이라는 문자만 떠오르던 것이었다. 노승발검이 무엇인가? 파리를 보고 칼을 뽑는다는 뜻이다. 사소한 일로 화를 낸다는 말이었으니, '군자는 대로행'이라는 말하고 궤를 같이한다 하겠다. 아이가 그런 식으로 천덕꾸러기처럼 자라야 튼튼하고 자생력이 생긴다고 생각했던 것이다. 그런데 그게 잘못이었다. 그게 마음에걸리는 것이다. 그 파리가 혹시 그 병을 옮겼을 것이 아닌가.파리란 본시 여기저기 붙어 다니며 더러운 것을 옮긴다. 왜그때 그 파리를 쫓아줄 생각을 못 했었을까? 필설로 다 할수 없는 회한이 부글거린다.

지나고 보니 걸리는 게 한두 가지가 아니다. 아이가 그 지경에 이르도록 자신은 그 알량한 '문자 놀이'만 하고 있었던게 아니었던가? 무슨 일이건 글자로 그 뜻풀이를 하려 했고글로 써 남기면 만사가 해결되는 것처럼 생각했다. 남편 '꿈꾸는 남자'와 똑같이 꿈만 꾸고 있었던 것이다. 적어도 한 사람은 현실적이어야 했는데 그렇지 못했다. 인생은 그런 게아닌데 너무 몽상적이었다. 셋째는 새 옷도 하나 지어 입히지 못했다. 위로 언니들이 입던 배냇저고리를 그대로 씻어 입혔고 배를 덮는 손이불조차도 새것으로 하나 못 해주고 헌 누더기같이 닳은 걸 그대로 썼다. 그런데 걸리는 것은 그뿐만이 아니다. 언젠가 지나가는 것처럼 말했던 담락당의 '석 삼(三)' 자에 대한 뜻풀이를 미리 알아두지 못한 게 가장 한스럽다.

'당신에게 석 삼 자는 특별한 의미가 있어요.'

어릴 때 부르던 아명은 '삼례'였고, 어른 된 지금은 '삼의당'이 되었지만 앞에 붙은 석 '삼' 자는 여전히 그대로 붙어 따라다닌다는 것이었는데 그게 어쩌면 삼재를 불러올 수도 있다는 이야기였던 것 같다. 그 중요한 말을 벌로 들어 넘겼다. 그러면서 했던 이야기는 어렴풋이 남아 있다. 너도밤나무에 얽힌 이야기였던 것 같다.

"그 너도밤나무가 아니었으면 어찌 율곡 이이 같은 대학자가 탄생했겠어?"

그러면서 무슨 이야기를 했는데 그다음 말이 잘 생각나질 않는다. 둘째가 태어났을 때 그랬었다. 어떤 누더기 걸승으로부터 들은 이야기인데 그 이야기가 아무래도 무슨 주술적인 예언인 것 같아서 마음에 걸린다는 이야기였었다. 백호살이 끼었다고 했던가?

그러나 이미 때늦은 후회다.

세상 천리는 톱니바퀴처럼 서로 엇물려 돌아가는 것이다.

그 무엇 하나도 제멋대로 운행할 수 없다. 모든 일은 미리 예정된 대로 돌아가기 마련이다. 그렇다면 저 하늘을 운행하시는 더 큰 분의 뜻이 있다는 것이다. 천리를 역행할 수는 없을 일, 그는 또 하나의 몹쓸 심사를 글로 적어둔다. 이제 어디서 무얼 하고 있는지도 모를 사람에게 하는 하소연이다.

기다리기 어려워 기다리기 어렵네요
당신 기다리는데 언제나 돌아오시나
저 멀리 큰길 바라보니 십 리에 사람 그림자 보이네요
장정과 단정 사이에 석양이 지는데
당신 오시지 않으니 기다리기 어렵네요
돌아오세요 돌아오세요
한양에 계시는 당신이여
방에서 늙으신 부모님 근심하시고
규방에서는 고운 내 얼굴 시들어가네요
동쪽 창문 아래서 홀로 서서
쓸쓸히 북두칠성 바라보니
하늘 밖에는 응당 땅이 없을 터인데
저 구름 가에는 또 무슨 산이 있네요
서로 그리면서도 만나지 못해
하염없이 눈물만 줄줄 흐르네요
돌아오세요 돌아오세요

한양 객지생활 길기도 하네요

창밖에 붉은 꽃 지고

문밖에는 푸른 풀이 우거졌네요

제비새끼들이 무슨 마음에서

비단 장막 찾아 드나요

철 따라 경치 수시로 변하는데

소식은 하늘 끝 아득히 끊어졌네요

얼마나 오랫동안 당신 그리웠는지

꽃다운 나이 애석하게 서글피 보내네요

돌아오소서 돌아오소서

정원 꽃나무에 꽃 만발했네요

문득 당신 보낸 날 생각나서

은근히 한 말씀 보내드려요

부디 큰 뜻 이루시어

일찍 돌아와 부모님 모시겠다더니

금의환향 소식은 들리지 않고

오늘도 황혼이 지고 있네요

홀로 창 밑 걸으니

동산에 밝은 달이 떠오르네요

달빛이 대낮처럼 밝으니

임 그리운 생각 더욱 간절하네요

멀리서 생각하니 임 계신 여관 창에도

역시 저 달이 비추겠지요

그러나 이런 생각

이런 생각 한들 누가 알겠어요

그러나 이 글은 글을 써서 담아두는 대나무 함에 차곡차곡 쟁여놓을 뿐 그 누구한테 부치거나 보여주거나 할 성질의 것이 아니다. 오로지 그때그때 떠오르는 심회를 적어둘 뿐 그 이상도 그 이하도 아닌 술회다. 마음의 심회를 글로 적음으로써 자신의 마음을 달랠 뿐인 글쓰기다. 그런데 그러한 글들이 채반에 소복이 쌓일 정도였다. 담락당이 보내온 서신 글들을 합하면 이미 문집을 내고도 남을 만한 분량이다. 담락당은 글들이 모아지면 책을 만들자 했다. 그러나 책을 만들기는커녕 생사조차도 알 수 없는 사람이다. 벌써 몇 번째 가는 한양행이었지만 그때마다 함흥차사다. 무슨 꿀단지를 묻어놨기에 그러는가 싶기도 하였지만, 바깥일은 바깥사람의 소관이라는 남자들이다. 일종의 뻔뻔함이 아닐 것인가.

8
수레바퀴 굴러가는 대로

"내 탓이다."

이게 다 내 탓인 게야. 나의 방종과 무질서로 천벌을 받은
거야.

담락당은 셋째가 죽었다는 기별을 전해 듣고 정신이 번쩍
들었다. 하던 일을 멈추고 당장 귀향을 서둘렀다.

길은 더디고 날씨는 질척거렸다.

"이 무슨 일인고? 내가 천벌 받을 짓을 했구나."

그는 가슴을 치고 통탄한다. 하지만 죽은 자식 불알 만지
기라고 죽은 아이가 돌아올 리 없는 비통한 회한뿐이다. 그
는 상경했던 길 그대로 수원, 천안을 되짚어 논산, 완주, 임실
을 지나 남원 땅에 당도했다.

온 집안이 다시 한번 초상집이 되어버렸다. 침울하고 우울
한 분위기 속에서도 나비만큼은 방긋방긋 웃으며 오랜만에

보는 제 아비를 기억하고 있다가 반겨주었다.

"아빠 왜 이제 와?"

만날 만날 기다렸다는 첫째다. 그렇지만 둘째는 웬 낯선
남자가 왔는가 싶어서 멀뚱멀뚱하다. 그도 그럴 것이 아직
채 낯이 익기도 전에 집을 떠나 밖에서만 지내던 아버지였으
니 정이 갈 리 없다. 못 보는 사이 몰라보도록 자라난 아이가
개 닭 쳐다보듯 멀뚱멀뚱하게 바라보는 일도 마음이 아팠지
만 이미 이승을 떠나버린 셋째는 그 얼굴조차도 기억에 없으
니 통탄할 일이다. 그래도 제 자식으로 이 세상에 태어나 잠
깐이나마 인연을 맺었던 사이인데 이제 다시 볼 수 없는 먼
세상으로 가면서 얼굴 기억도 하나 남겨두지 않았다니, 이게
말이 되는가. 참으로 무량한 아비였음이 죄스러운 담락당이
다. 그동안 무얼 하느라 집안이 이 지경이 되도록 몰랐단 말
이냐. 소설이 그게 뭐라고, 출세가 그게 뭐라고⋯. 그는 울고
또 울고 가슴을 치며 울었다. 그러한 그에게 첫째가 또 이상
한 말을 한다.

"내 동생은 손톱 귀신이 잡아갔어라."

"그건 또 무슨 말이야?"

"괜한 소리예요. 너 그런 소리 하지 말랬지?"

삼의당이 첫째를 나무란다. 손톱을 깎아주며 손톱 깎은 걸
아무 데나 버리면 쥐가 물고 가서 먹고 '그 손톱을 먹은 쥐는
점점 자라 키가 방앗고만 한 둔쥐가 되어 손톱 주인에게 해

코지를 가한다'는 이야기를 했더니 그 말에 대한 환상을 가지고 하는 이야기란다. 신체발부는 수지부모라 했다. 모든 신체 부위는 부모로부터 받은 유산이기 때문에 소중하게 다루어야 한다. 하여 이를 갈 때, 뺀 이를 곱게 싸서 지붕 위에 던진다든지 손톱, 발톱을 깎아 땅에 묻는다든지 머리카락을 함부로 자르지 않고, 자른다면 이 역시 곱게 싸서 땅에 묻어야 한다. 심지어 아기를 낳고 자른 탯줄은 강물에 던지든지 불에 태워 그 흔적을 없앤다. 구중궁궐 왕실에서는 태항아리를 만들어 태묘를 쓴다. 이런 습속은 전부 효도를 가르치기 위해 전승된 이야기들이다. 그런데 때로 잘못 전승돼 문쥐나 귀신 이야기로까지 와전돼버리는 일이 왕왕 있게 된다.

"그런 귀신 씻나락 까먹는 소리를 누가 하던?"

"할머니가 그러던데? '네 동생은 손톱 귀신이 잡아갔다'고."

아이들이 하는 말은 거짓이 없다. 들은 대로 본 대로 말하기 때문이다. 그렇다면 할머니가 아이들 데리고 쓸데없는 말을 많이 한 게 분명하다.

담락당은 당장이라도 달려가 따질 듯이 흥분한다.

"왜 애들 듣는데 쓸데없는 말은 해가지고…, 애들이 겁먹었잖아?"

"여보, 그만하셔요."

그 총중에도 삼의당은 남편을 달래고 무사히 돌아온 것만도 고맙다 한다.

"애기야 또 낳으면 되지만 당신 무탈하게 돌아온 것만도 다행이에요."

말은 그렇게 하면서도 애간장이 녹아드는 삼의당이다. 그간의 생활고나 시어머니에게 당한 고초는 말로 다 할 수가 없다. 당초 고초는 맵기라도 하지만 시어머니 고초는 풍산 고초로 맵지도 달지도 않다 했다던가. 남 보기는 아무렇지도 않은 것 같지만 그 지난함이 말할 수 없었다. 특히 아기가 죽던 날에 대해서는 그 누구한테도 입 밖에 내어 말할 수 없다. 그 말을 믿을 사람이 없을 것이기 때문이다. 그날도 보리순을 자르러 나갔는데 젖 물릴 시간이 넘었는데도 붙잡고 놓아주질 않았던 시어머니였다. 조금만 더, 조금만 더 하여 대광주리가 다 차고 꼴망태에까지도 보리순을 다 채울 때까지 며느리를 붙잡고 놓아주지 않았던 시어머니였다. 돌아와 보니 애는 벌써 탈진한 상태로 축 늘어져 있었고 이마에 열이 펄펄 끓었다. 한꺼번에 그렇게 많은 양의 보리순이 필요한 것도 아니었는데 무슨 생각으로 해가 질 때까지 보리순을 뜯으라 했든지 알 수가 없는 삼의당이었다. 이는 꼭 일부러 아기 젖을 못 물리게 들에다가 그 어미를 붙들어 매놓으려고 하는 심산이 아니었던지 모르겠다. 하지만 그걸 입 밖에 내어 불평으로 말할 수 있는 며느리가 아니었다. 남의 집 대를 끊어 놓은 여자로서는 할 말이 없는 게 이 사회풍조라 입이 열 개라도 할 말이 없다. 이제 그 하소연을 해야 할 때인데도 시시

콜콜 그런 이야기들을 하지 않는 삼의당이다. 이왕지사 지나
간 일을 불평해 무슨 득이 있을 것인가. 나쁜 기억은 제 혼자
제 가슴속에 묻어둘 일인 것이다. 어떻게 아이를 굶겨 죽였
다 할 수 있을 것인가.

"보리순을 뜯어 돌아와 보니 그렇게 돼 있었어요."

그래도 죽음의 경위 정도는 알아야 하지 않을까 싶어, 돌
림병은 아니었고 감기인가 싶어 놔뒀더니 신열이 오르고 결
국에는 그렇게 됐다는 말과, 삼촌들이 와서 옹관묘를 썼다는
이야길 들려준다. 그러니 이락당과 사락당에게 인사를 하라
는 삼의당이다. 형제간의 우애를 생각한다면 술이라도 한 병
사가지고 가 인사를 치르라는 이야기를 하는 삼의당의 눈에
다시 눈물이 고인다.

"여보, 고생이 많았어. 그런데도…."

그 고생에 보답할 아무것도 가지고 오지 못했다는 담락당
이다. 반드시 금의환향만이 보답의 길이 아니란 위로의 말을
하는 삼의당과 이를 빤히 쳐다보고 있는 두 아이들을 바라
보며 담락당은 이제 다시 한양은 가지 않겠다고 한다. 자칫
한 발만 더 들여놓았더라면 헤어날 수 없는 나락의 골짜기로
떨어져버릴 것 같았던 기억들이 한순간에 떠올랐다. 그 많은
술집이며 술집 여자들, 그리고 술에 절어 살던 한양 생활….
위선으로 가득 찼던 생각들…. 이제 다시는 그곳에 발붙이지
않으리라 다짐하는 담락당이다. 그것도 하나의 깨달음을 주

려는 시련이 아니었을 것인가. 이런 연단과 담금질로 정금을 만들려는 누군가의 뜻이 있었을 거라는 담락당이다.

"한양은 새로운 물결이 일고 있지만 썩은 물이 괸 곳이야."

새로운 물결은 청나라 문물이 들어와 실용적인 생활개선이 일어난다는 것이었고 썩어빠졌다는 것은 아직도 매관매직이 성해 학식이나 인덕이 필요한 세상이 아니어서 한자리 차지하지 못했다는 자기변명 같은 말이기도 했다. 두 사람은 언제 슬픔에 젖어 울었는지 그 기억은 없고 새로운 이야기들을 하고 있다. 담락당은 한양 이야기를 했고 삼의당은 광한루 처마 아래 새로 자리 잡고 앉은 이야기꾼 전기수에 대한 이야기를 한다.

"광한루 아래 책 읽어주는 남자가 생겼단 말이지?"

"이야기꾼이야요."

그는 책을 읽어주다가 종내에는 자기가 마구 이야기를 지어내 혼자 신이 나서 입에 거품을 문다. 삼국지, 수호지 같은 이야기를 할 때면 남정네들이 듣고 가지만 숙향전이나 박씨전 같은 안방 이야기를 할 때는 장에 갔다 오던 아낙네들도 귀를 쫑긋 모으고 듣는다는 여성 청자 이야기도 한다.

"그 이야기 듣는 사람들을 보고 당신 소설을 생각해봤어요. 당신 소설은 언제 저들에게 읽히나…, 하고요."

"사실은 나 그동안 소설 쓰는 일보다는 남의 글 베껴주는 일을 했어."

그러나 저들의 글을 필사해주면서 앞으로 어떻게 글을 쓸 것인가를 배웠다는 담락당이다. 잘 쓴 글은 잘 쓴 글대로 특징이 있다. 사실을 사실대로 그대로 전달하는 힘이 있어야 한다. 그러기 위해서는 적절한 비유를 끌어내는 통찰력이 있어야 한다. 사물을 꿰뚫어 보는 눈, 그게 진리여야 한다. 그런데 그 진리가 보편타당한 진리여야지 편견이면 안 된다. 사람들은 자기 편견을 내세우면서도 이게 진실이라 말한다. 그래서는 글에 진정성이 없다. 글에는 진정성이 있어야 한다. 사서처럼 사실을 사실 그대로 쓰는 글이 아닌 소설이야말로 언제 누가 읽어도 당위성이 있어야 하고 필연성이 있어야 한다. 이게 소설의 주요 구성요소다. 지어낸 이야기라고 제 맘대로 쓰는 게 아니다. 이치에 맞아야 하고 시대성에 맞게 독자의 눈높이를 맞춰야 한다.

"그런데 사람들마다 생각이 다 틀려요."

서로 간의 생각이 다르기 때문에 글쓰기가 어려워진다. 독자의 경향을 파악해야 하기 때문이다.

"생각이 틀린 사람들한테 기대할 게 뭐 있겠어요?"

"그래도 책을 팔자면 모두를 포용해야 하는 문제가 있잖겠어요?"

생각이 다른 사람들도 그 책을 사서 읽을 수 있도록 해야 한다. 그래야 글을 써 밥을 먹고 살 수 있다. 잘만 하면 글 쓰는 일을 업으로 삼는 전업 작가가 될 수도 있다는 담락당이다. 필경사도 밥을 먹고 사는데 작가가 되면 그보다 훨씬 더 많은 돈을 만질 수 있다. 배운 지식을 입으로만 팔아먹는 것이 아니라 글로도 팔아먹을 수 있다는 이야기다.

"전기수가 있듯이 매설가도 있어요."

요즘은 풍수지리를 배워 남의 묏자리나 집터를 봐주고 돈을 버는 사람도 있고 남의 이름을 지어주고 돈을 받아 사는 작명가도 있다. 그런가 하면 사주팔자를 봐주고 돈 버는 관상쟁이나 점쟁이도 있다. 절에서는 남의 제사를 대신 지내주고 성당에서는 신부가 남의 죄를 대신 짊어지는 고해성사를 받는다. 이 모든 것이 자기가 가진 주특기대로 살아가는 방법이다. 그러니 작가라는 직업도 있을 수 있고, 이번 상경 길에서 충분히 그 가능성을 봤다는 담락당이다.

"성당은 뭐고 고해성사는 또 뭐예요?"

담락당은 푸른 눈의 신부가 주석하는 명례방 김범우의 집을 이야기하였고 천주학을 이야기하였다. 새로운 학풍이라는 것이다. 어쩌면 이 새로운 학풍을 받아들여야 할지도 모른다는 이야기다.

그러나 삼의당의 의견은 또 다르다.

"이제 우리는 우리대로 살아요."

없으면 없는 대로 있으면 있는 대로 마음 편히 자유롭게 살자는 것이다.

"마음 편한 게 제일 아니겠어요?"

"옳은 말이요."

그러나 어차피 산 입에 거미줄 치게 둘 수는 없으니 소설이라도 써 돈을 벌 수밖에 없다. 그러자면 독자를 파악해야 한다는 담락당이다. 한양에서 작가 수업을 톡톡히 한 모양이다.

"저들이 소설 같은 걸 알 리가 없지. 그런데 저들이 무엇 때문에 무얼 가지고 울고 웃는 재미를 느끼는지 그건 알아야 할 거 아니오?"

"그게 뭔데요?"

"한 마디로 진실 추구요."

"진실이요?"

"모든 글은 진실을 말하기 위해 써져야 한다는 말이요."

지금까지 세상이 알려진 글은 시·사·부로 운문이었던데 비해 이제는 산문이라는 게 나온다는 새로운 이야기다.

"그러면 이제 당신은 산문을 쓰고 나는 시를 쓰면 되겠네요?"

"그렇지. 그거 좋은 생각이어요."

부창부수다. 신혼 첫날밤부터 시로써 서로의 뜻을 전달했을 만큼 기이한 생활을 시작한 이들 부부는 다시 한번 앞으로 할 일을 모색해본다.

"우리 새로운 생활 터전을 마련해보는 건 어떨까요?"

담락당이 한 가지 제안을 한다.

"새로운 생활 터전을요?"

새로운 터전이라면 여기를 떠난단 말인가? 삼의당은 그런 일이라면 대환영이다. 하지만 차마 시어머니한테서 멀어지는 일이라면 대환영이라는 노골적인 말은 못 한다. 그런가 하면 담락당으로선 마량으로 가면 사내아이를 얻을 수 있는 신비의 샘물이 있다는 이야긴 차마 하지 못한다. 그 때문이라면 아내의 상심이 얼마나 커질 것인가. 엄청나게 자존심이 상할 것이다. 삼의당으로선 그 일로 시어머니와 사이가 벌어졌다면 자식 된 도리로 말은 못 하고 속으로 부모를 얼마나 원망할 것인가, 그 체면도 생각해주어야 한다. 둘 다 서로 숨길 수밖에 없는 이야기의 근원은 하나다. 사내아이다. 대를 이을 사내아이를 못 낳았다는 데에서 오는 갈등이 빚은 참사다.

담락당은 이미 직감적으로 고부간의 갈등이 왜 일어났는지 그 원인을 파악하고 있다. 그러면서도 서로가 서로에게 상처 주지 않고 벗어날 수 있는 길을 모색하고 있는 것이다. 며느리의 입장에서도 시어머니의 입장에서도 서로 불편함이 없는 해결책이 있어야 하기 때문이다.

"한양 친구한테서 전지를 좀 얻어 둔 게 있어서, 거기로 가 농사짓고 살았으면 하는 바람으로 물어보는 거요."

"땅을요?"

"예, 농사지을 땅을요."

"그동안 돈을 벌었단 말이에요?"

"노름해서 딴 땅은 아니니 걱정하지 마세요."

내 노력으로 벌어들인 전지이니 마음 놓고 다음 말을 들어보라는 담락당이다. 한양에는 돈을 받고 그림을 그려주는 화상이 있다. 저들의 그림 값이 만만찮아서 그걸로 호구지책을 하는 전업 화가가 있다는 것이다. 그중에 한 사람으로 칠칠이라는 별명을 가진 떠돌이 애꾸 화상이 있었는데,

"그는 자기 눈을 자기가 찔러 스스로 이 세상 더러운 꼴을 안 보기로 작정을 했다 잖소?"

그런데 그 화상의 그림 값이 천정부지라는 것이었다.

"그런 화상이 있었어요?"

"그가 그려주는 치마폭 그림은 장안에서 최고 인기라 했소."

담락당은 그를 주인공으로 한 소설도 썼었다는 이야기를 한다. 그리고 그런 그림을 요청하는 친구가 있어 그림 하나 그려주고 땅뙈기를 선물로 받았다는 이야기를 한다. 한양은 그러한 요지경이다.

마침 그 선물을 준 사람의 땅이 마량에 있는 묵밭으로 휴경지인데, 그중 일부를 얻었단 이야기다.

"나도 몇 번 가봤는데 주변 경관이 아주 좋아요."

앞들이 운방들이고 그 너머 작은 강줄기가 있는데 섬진강의 상류가 된다. 무엇보다도 기가 막힌 것은 그 강가에 고운 최치원이 머물렀던 곳임을 기리는 '사계정'이라는 정자가 있

다. 이 정자를 내 것처럼 이용할 수 있어, 거기에 앉아 바라보는 내동산이 일품이라 시가 절로 나올 거란 담락당이다.

"들어보니 귀가 솔깃하네요."

"우리 거기 가서 세상 시름을 잊고 살면 어떻겠소?"

한양에서 내려오면서 내도록 이 생각을 했다는 남편의 말에,

"바늘 가는 데 실 가지 않겠어요?"

무조건 따르겠다는 아내의 말이다. 담락당은 부연설명을 덧붙인다.

"마량은 그저 마량이 아니지요. 지명학적으로 풀이를 하자면 그 땅 이름에 '말 마(馬)' 자가 들어가 있지 않겠소? 그거야말로 탁영 선생의 후손인 당신에게 맞는 동네 이름이란 말이요."

지명과 인명이 궁합을 이루면 금상첨화다. 뿐인가? 또 그 골짜기를 둘러싸고 있는 곳이 백운리인데 백운의 흰 구름은 천마가 날 수 있는 기운을 북돋아주는 지명이란 것이다. 지정학적으로 볼 때 그 지명은 지명이 가지는 뜻이 있다는 것이고 그 뜻에 맞는 사람이 있다는 것이다.

"그뿐이겠어요? 지금 우리가 가려는 동네가 방화리인데 방화리라면 무슨 생각이 떠올라요?"

"방화리, 방화…, 방화라면 꽃이 벙근다는 뜻이 아니겠어요?"

"옳거니, 이래서 내 마누라라는 거지."

담락당은 척하면 삼척이라는 삼의당이 예뻐 죽겠다. '이렇게 말귀를 척척 알아듣는 사람 있으면 나와보라'며 아내를 끌어안는다. 참으로 귀엽고 사랑스러운, 세상에 둘도 없는 아내다.

삼의당 역시 일시에 모든 시름이 사라지는 느낌을 받는다. 첫날밤에 주고받았던 화답시에서 말했던 것처럼 신선이 아니면 이런 만남은 있을 수 없는 일이다. 두 사람은 이렇듯 현실감각이 없고 오로지 환상 속에 산다.

"신선들은 어떻게 사랑을 표현할까요?"

"까짓 신선이 뭐 부러울 게 있소?"

담락당은 건평방에서 사 온 가락지와 비녀를 꺼내 선물로 안겨준다. 건평방은 운종가에 있는 상가 골목으로, 여기 가면 없는 게 없다. 그중에서도 청나라에서 건너온 물건들은 천정부지로 값비싼 것들이라 보통 사람들은 눈요기로 그쳐야 하고 부잣집 마님이나 허풍선이 고관대작들이 혹간 기생을 품어보기 위해 남몰래 사 가는 물건들이 즐비하게 준비되어 있는 곳이다. 운종가에서 백탑방을 가자면 상가 뒤로 나 있는 피맛골을 지나야 한다. 피맛골은 마필이 지나다니는 한길을 피해 사람만 다닐 수 있도록 만든 뒷길로, 그날도 마침 자칭 촌놈 하정팔을 따라 이곳을 지나다가 그가 '오늘은 머리 얹어줄 여자가 하나 있다'면서 들르자고 해서 함께 들른

김에 우수로 얻은 물건이다.

"제게 선물을 사다 주시다니요?"

하고 고마워하는 삼의당을 다시 한번 끌어안는 담락당이다.

"그동안 참으로 수고가 많았어요."

"아니어요. 객창에서 얼마나 쓸쓸했겠어요? 당신 보낸 서신들 보고 많이도 울었어요."

그러나 그 서찰에 일일이 답장은 못 보냈지만 그때그때 시를 써두었으니 나중에 읽어주겠다 한다.

"내 그동안 필사해서 돈을 좀 벌었어요. 글도 써 팔고요."

"글을 써 팔아요?"

"한양에는 그런 일도 있어요."

대필이라는 일도 있단다. 돈은 많고 글재주는 없는 관료들이 문장을 필요로 하는 글을 써내야 할 때가 더러 있는데 이때 벼슬 못 한 문필가들이 하는 일이 대필이라는 이야기였다.

"돈을 벌자면 그런 일이 산더미 같아요."

좀 떳떳하지 못해서 그렇지 그런 일은 얼마든지 얻을 수 있고 그것도 이름이 나면 하나의 직업이 될 수도 있다 했다.

"성균관 유생들도 그런 글을 필요로 해요."

"그건 파락호나 하는 짓이지요."

"바로 그 말이요. 그래서 내가 내려온 거 아니요."

한마디로 한양은 썩어빠진 늪과 같고 그 물갈이는 요원한 일이며 썩은 물에서 캐 먹던 연근을 아낌없이 버리고 왔다는 남편의 용기가 더욱 대단해 보이는 삼의당이다. 그러나 여기 살면 지금과 마찬가지로 가난에 쪼들릴 것이고 또 파락호나 하는 짓을 되풀이할지도 모르니 차라리 아무도 모르는 새로운 곳으로 이사를 가자는 담락당인 것이다.

"그곳은 이미 우리를 위해 준비된 길지일 터라."

담락당은 차라리 이 기회에 집을 옮겨보자 하는 이야기를 다잡아 확인하려 한다. 대놓고 시어머니 곁을 떠나 살자는 이야기는 차마 할 수 없었던 삼의당으로선 이게 웬 떡인가 싶었지만, 입술을 열어 제 입으로 말할 수 있는 문제가 아니라 못 들은 척 가만히 있다. 이럴 땐 가만히 있는 게 동의하는 몸짓일 것이다. 그런데 재삼 묻는 담락당이다. 담락당으로서도 아직 확신이 서지 않았다는 증거일 것이다.

"왜, 싫어요? 시어머니 등쌀에 시달리느니 차라리 나가서 살자니까?"

"그럴 수 있겠어요?"

당신 같은 효자가 어머니를 두고 이거를 해 갈 수 있겠느냐, 입에 발린 소릴 하려는데 담락당이 먼저 선수를 친다.

"엄니 걱정은 말더라고이. 나가 다 알아서 할 테니께."

이 집을 그대로 물려주고 가면 오히려 좋아할 거란 이야기를 한다. 머잖아 막내가 혼인을 하게 되면 분가해 살 집이 필요한데 이걸 두고 가면 누이 좋고 매부 좋고, 라는 것이다.

"이 집은 우리 엄니 땅인디?"

"처갓집에는 당연히 땅값을 치러 주고 가야지."

그러니 장모는 돈 벌어 좋고, 시어머니는 아들 장가보내 제금내줄 집 장만해 좋고, 누이 좋고 매부 좋고 일거양득이라는 이야기다.

"그러면 그 돈이 어디 나서?"

"돈 걱정일랑 마셔요. 남원 땅에 돈이 없지 한양 땅에는 천지삐까리로 깔려 있는 게 다 돈이라…."

한양돈은 맘먹고 벌어들이려면 갈퀴로 긁듯 긁어모으면 되는 눈먼 돈이란다. 양반 체통만 벗어버리면 까짓 돈 버는 일은 아무것도 아니란 담락당이다. 연암 박지원이 그의 소설 「허생전」에서 양반이 돈 버는 일을 언급했다. 돈을 벌자고 들면 하루아침에 수천 냥을 벌 수 있는 게 돈이다. 허나, 그렇게 부정한 돈을 벌어서야 되겠느냐, 그렇게 번 돈은 제 입에 넣지 않는 게 양반의 체통이다. 양반은 무엇으로 사는가? 체면 하나로 산다. 사람이 염치를 잃으면 짐승과 다를 바 없기 때문이다. 체통을 지켜야 양반이 된다.

"내가 책도 만들었는데…."

그 대강의 이야기 좀 들어보라는 담락당이다. 담락당은 연암의 소설 「허생전」 이야기를 한다.

"그런 게 소설이라는 거예요."

소설을 통한 사회개혁을 외치던 연암의 작품이다. 그는 그 책을 만들다 왔다. 이제 그에 버금가는 소설을 쓸 것이라고 기염을 토한다.

"지금 한양에서는 소설의 인기가 하늘을 치솟아요."

소설책은 없어서 못 판다. 고려 때부터 인쇄가 시작되긴 했지만 인쇄로는 겨우 족보 책이나 서당 책이나 만들어냈지 소설책 같은 것은 만들지 않는 실정이다. 아직 그 가치를 인정하지 않고 있었기 때문이다.

"지금은 암시장을 통해 거래가 되고 있지만 머잖아 소설시장도 형성될 전망이거든?"

담락당은 그 확실한 시장을 보고 왔다. 지금은 음화나 춘화 같은 것들이 공공연히 지하경제를 휩쓸고 있지만 머잖아 소설이 춘화를 앞지를 추세란다. 때문에 필경사가 모자란다.

"나처럼 빨리, 틀리지 않고 정확하게 필사하는 사람이 없어요."

필사란 글자만 베껴 쓰는 게 아니라 때로는 더욱 근사한 문장을 가필해 넣기도 하고 잘못된 문맥을 바로잡아 주는 역할도 해야 한다.

"글도 잘만 쓰면 출셋길이 열려요."

인기 있는 소설은 책 읽어주는 전기수가 있어 사람들을 모아놓고 그 내용을 전하고 돈을 받는다. 그런가 하면 아무런 대본도 없이 이야기를 지어내 하는 이야기꾼도 있다. 이런 사람이 바로 소설을 팔아먹고 사는 이야기꾼을 지칭하는 매설가(賣說家)인 것이다.

"한양에는 파란 눈의 양이도 있어요."

머리는 노랗고 눈은 파란 양이들은 겨드랑이에 커다란 책을 끼고 다니는데, 그게 하나님 말씀이라는 성경책이라는 이야기다. 삼의당은 아까는 말을 끊었지만, 처음 듣는 서양사람 이야기에 다시 호기심이 인다. 그 새로운 학풍이라는 성경책도 궁금하다. 그러나 조심해야 할 이야기들이다. 이미 저들에 대한 단속이 있질 않았는가.

"나도 한양 구경 가고 싶어."

여태껏 자는 줄 알았던 나비가 이불을 살짝 들추고 하는 이야기다.

"아이고 우리 나비 여태 안 자고 있었어?"

삼의당이 아이를 이불 속에서 꺼내 안는다.

그러자 둘째도 눈을 부스스 비비며 일어나 앉으며

"나는?"

한다. 이번에는 담락당이 둘째를 부둥켜안는다.

"아이고 우리 홍아도 안 자고 있었어?"

이렇게 아이를 좋아하는데 막내인 셋째가 먼저 갔으니 기가 막힐 노릇이 아닌가. 그렇지만 이들은 마냥 슬픔에 빠져 있지는 않는다. 슬픔은 일시적 감정일 뿐 슬픔이 일을 해결해주는 것은 아니기 때문이다.

"우리 이사 가?"

첫째의 질문이다.

"응, 어쩌면….”

"그러면 좋겠다. 난 할머니가 무서워.”

"그러면 못쓰지, 할머니가 왜 무서워. 할머니가 우리 나비를 얼마나 좋아하는데.”

"아니야. 할머니는 나한테 뱀을 던졌단 말이야.”

"뱀을? 그건 또 무슨 말이야?”

이번에는 담락당이 놀라 묻는다. 문종이를 새로 바르기 위해 헌 창호지를 뜯어내고 새 창호지를 바르는 날이었다. 그 뜯어낸 종이 쪽지를 아이들이 갖고 연 놀이를 하고 놀았다. 이를 보고 할머니가 화를 버럭 냈다. 뜯어낸 문종이가 날아가면 집안 재물이 날아간다는 속설이 있어 고이 모아 불에 태우든지 묻어야 하는데 그걸 바람에 날려버렸다는 것이었다. 흩어진 종이들을 주워 쓸어 담고 있는 할머니 앞에 공교롭게도 초가지붕 처마 밑에서 뱀 한 마리가 떨어졌다. 할머니는 집안에 들어온 구렁이는 업이라면서 부지깽이로 집어 다시 지붕 위로 얹어주려 하였다. 이때 그 옆에 있던 아이들이 소스라치게 놀란 것은 사실이다. 뱀이 들려 있는 부지깽이가 아이들 눈앞을 지나갔으니 자기한테 던지려는 동작인 줄 알았을 수도 있다. 할머니는 걸핏하면 그런 장난도 했으니까.

"아니야, 할머니가 일부러 그런 게 아니야.”

삼의당이 딸의 말을 받아 끊는다.

"일부러 너한테 던진 게 아니라, 지붕 위로 다시 올려주려던 능구렁이가 너 있던 쪽으로 날아간 거야."

삼의당은 그날의 일을 생각하면 당장에라도 짐을 꾸려 어디로든지 달아나버리고 싶었지만 참고 또 참았다. 그것도 아주 큰 능구렁이였다. 지붕 위로 올려주려던 뱀이 다시 떨어져 기어가자 아이들은 홀홀 뛰면서 나 죽는다고 소리쳤다. 이때 시어머니는 분명히 즐거운 목소리로, '죽든지 살든지 마음대로 해라, 이놈의 가시나들…' 하면서 자지러지게 울고 있는 아이들 쪽으로 뱀을 내던졌다. '가시나가 셋이나 되니 하나쯤은 죽어도 상관없다'는 악담을 공공연하게 퍼붓는 소리도 들었다.

그러나 삼의당은 일체 내색을 하지 않았다. 하지 않았을뿐더러 지금도 앞으로도 하지 않으려 한다. 누가 이런 이야기를 믿을 것이며 이왕지사 지나간 일을 미주알고주알 일러바친들 그 어머니에 그 아들이 뭘 어쩔 것인가. 차라리 아무 소리 말고 떠나버리면 그만일 일이다.

담락당은 그간의 사정을 짐작하고도 남았다. 어머니의 성질도 모르는 바 아니었고 아내의 시집살이도 훤히 보이는 일이다. 다만 말로 나타낼 수 없는 서로 간의 관계를 어떻게 처리해야 할지 고민이다.

이렇게 밤이 깊어간다.

'그래, 가자. 서로 간에 거리를 두자.'

이튿날, 날이 밝는 대로 이들은 임시거처였지만 아방궁이었고 신선이나 살 수 있는 신접살림집을 뒤로하고 마량을 향해 떠나기로 한다. 이삿짐도 챙길 게 없는 괴나리봇짐이 전부인 살림이었지만 가서 곧바로 끓여 먹을 솥단지라든가 밥그릇이며 숟가락 같은 것들을 챙기다 보니 그래도 이것저것 짐 될 게 있어 소달구지가 필요했다.

"야, 왜 갑자기 이사를 한다고 그러냐?"

이락당은 그동안 '네 시키는 대로 해 돈 많이 벌었다'며 싱글벙글이다. 그러면서도 갑자기 이사를 하겠다는 말에는 선뜻 이해를 못 한다. 그러한 형을 달래기 위해 마량에 더 좋은 터를 구해놨다고 거짓말을 둘러대는 담락당이다.

"거기가 정말 명당이거든?"

"명당이라면 부자 되는 터란 말이야?"

"응, 형도 와."

"난 여기서도 돈 잘 벌어야. 이제 내 걱정은 없어."

기와공장을 만들어 할 일이 산더미처럼 많아졌다. 아무리 사농공상을 따져 사회계층을 만들어봤자, 공업과 상업이 돈 버는 일에는 제격이고 자기는 공상으로 돈 버는 일이 체질이라는 이락당이다. 그러면서도 그게 다 네 덕이란 걸 잊지 않는다는 이락당은 소달구지를 끌고 와 이삿짐을 실어주었다.

9

소설 이처사전 李處士傳

새봄이다.

운방들에 새파란 청보리순이 물결을 이루고 개울 건너편 언덕 아래 세워져 있는 고운 최치원의 정자 사계정 팔작지붕 위로 종달새 우는 소리가 들렸다. 방화리에서 바라다보이는 앞산은 나지막한 능선을 길게 남북으로 내려치고 있어 마치 커다란 검수리가 날개를 펴고 나는 형국이다. 그 우듬지로 흰 구름이 걸려 있다.

"여보, 이것 좀 보세요."

"무엇이오?"

처마 밑에 둥지를 튼 제비가 새끼를 쳐 지지배배 지지배배 노란 주둥일 벌려 제 어미가 물어다 주는 모이를 받아먹는데 그중 한 마리가 하얀 털을 입었다.

"흰 제비가 태어났어요."

"흰 제비가?"

세상에 이럴 수가 있나? 동네 사람들이 구경을 오고 '새로 이사 온 집에 흰 제비가 태어났다더라' 삽시에 소문이 퍼져 이웃 백운리 사람들도 경사가 났다며 구경들을 온다. 제비는 길조다. 새봄이면 찾아와 처마 밑에 둥지를 틀고 새끼를 친 다음 가을이면 강남땅으로 돌아갔다가 이듬해 봄이면 어김없이 찾아온다. 작년에 왔던 그놈이 그 집으로 다시 찾아오는지 모르겠지만 제비가 찾아오지 않는 집도 있다. 제비가 찾아오지 않으면 왠지 허전하다. 그런데 새로 이사 온 이 집에 흰 제비가 태어났다는 것은 경사가 아닐 수 없다.

"여보, 오늘 시를 두 편 썼는데 들어보려오?"

삼의당이 시를 지었다면서 들어보란다. 요즘은 시를 써 읊는 재미로 하루를 보내는 부부다. 첫날밤부터 시로 서로의 뜻을 전했던 이들로서는 시 쓰는 일이 일상화되어 살아가는 재미가 되었다. 남들이야 뭐라 하든지 이들에게 있어 시와 문장은 일종의 생활이었다.

해 저물려 하니
농부들 집으로 돌아가네
잠시 다리 뻗고 쉬는데
사방 이웃에서 꼬끼요 닭이 우네
닭 울음소리 들리자 다시 도롱이 입으니

일 년 삼백육십 일 날이면 날마다
쉬는 때 그 얼마나 되는가
해 뜨면 일어나고 해 지면 들어가 쉬니
내 생애 참으로 만족하다오

날은 이미 정오
해가 내 등을 지져대고 땀방울은 땅에 듣고
가라지 낱낱이 호미질 긴 밭고랑을 다 매니
시누이 시어머니 보리밥을 지어 오셨네
맛난 국은 부드러워 흐르듯 숟가락질
자잘한 낱알로 마음껏 배를 불린다
배 두드리며 걷다가 노래하다 하니
음식은 수고하는 데서 나오는 것이지

농사일은 몸은 비록 고달프지만 마음만은 평안하다. 사람에게 있어 마음이 평안한 것보다 더 행복한 건 없다. 행복이야말로 인간이 바라는 가장 큰 소망이다. 그런데 이 행복이란 게 도대체 뭔가? 그 문자 속을 보면 다행할 행(幸) 자에 복 받을 복(福) 자다. 이 복 자는 제사상에 놓였던 음식을 뜻하기도 한다. 제사음식을 나눠 먹는 것을 음복이라 하는데, 제사음식을 나눠 먹듯 함께 둘러앉아서 얘기하며 배를 채우니 이 아니 만족한가. 이 만족한 상태가 행복이다.

"이런 시를 매일 짓고 있어요."

농사일보다 시 짓는 일이 더 행복하다는 삼의당이다.

"당신이야말로 시인이요."

"그러는 당신은 소설가 아니요?"

부부는 이렇게 행복한 나날을 보내고 있었다. 이제는 가난도, 벼슬에 대한 욕심도 내려놓았다. 그야말로 '반소사음수(飯疏食飲水) 곡굉이침지(曲肱而枕之) 락역재기중의(樂亦在其中矣)' 생활이다. 거기다가 서재도 하나 만들었으니 갖출 건 다 갖춘 만족한 삶이다.

음식은 수고하는 데서 나오는 것이지

"여보, 서재 이름을 뭘로 하지?"

"글쎄요."

"아정은 자신의 서재를 만들어 구서재라 칭했다는데…"

"아정이 누구예요?"

"전주 사람 이덕무의 호가 아정인데 한양 있을 때 내가 도움을 많이 받았던 분이셔."

처음엔 그분의 책을 필사했다. 그는 항상 지필묵을 소매에 넣고 다니다가 생각이 떠오르면 적어두는 습관을 가졌고 책에 관한 모든 것을 체득하겠다는 뜻으로 서재 이름을 구서재라 했다.

"책 읽는 걸 독서라고 하지요. 그게 서재의 첫째 역할이고 두 번째로는 책을 보는 간서, 세 번째는 책을 간직하는 장서,

네 번째는 책의 내용을 베껴 쓰는 초서, 다섯 번째는 책을 바로잡고 고칠 교서, 여섯 번째는 책을 평하는 평서, 일곱 번째는 책을 저술하는 저서, 여덟 번째는 책을 빌리는 차서, 아홉 번째로 책을 바람에 쐬고 볕을 쬐는 폭서가 있다는 거요."

이거야말로 책에 대한 모든 것이다. 책은 세상 모든 지식의 보고요, 책이 있는 서재는 단순히 글을 읽고 쓰는 곳만이 아니라 인간이 갖추어야 할 모든 형식과 내용이 깃든 곳이라는 이야기다. 서재야말로 혼을 일깨워 부르고 안식하는 곳이다. 이제 그런 서재를 마련하였으니 이 얼마나 고마운 일인가. 이제는 이 아홉 가지 서재의 역할을 고루 펼칠 일만 남았다.

"우리도 이제 서재를 가졌으니 글 쓸 일만 남았지요?"

담락당은 이즘 삼의당의 시에 대한 화답 글로 소설을 한 편 썼다.

"이게 글이 된다고 생각하면 연암 선생에게 가서 한번 보여드리려고요."

선생에게 보여주기 전에 먼저 삼의당의 검증이 필요하단 담락당이다.

"제가 그럴 자격이 있나요?"

"이미 시인이지 않소? 게다가 서재의 역할에 대해서도 들었지 않소?"

책을 바로잡고 고치는 거나 책을 비평하는 일이 서재에서 할 일이니 아무 거리낌 없이 이야기하라는 담락당이다.

부부의 일상 대화가 이 정도이니 그 어미에 그 딸이라고 이번에는 첫째 나비가 나서서 제가 글을 읽어보겠노라 한다.

"그 글 내가 읽을게."

"그래? 네가 이제 이런 걸 읽을 만큼 글을 깨쳤단 말이지?"

삼의당은 갈수록 자신을 닮아가는 딸이 자랑스럽다. 자신도 어깨너머로 깨친 글로 이 정도 시도 쓰고 그림을 따라 그릴 만큼 예능의 끼를 발휘하게 되었는데 이제 그 딸은 창까지 해 한 가지 재주를 더 부린다.

"그렇다면 나비가 한번 읽어봐라."

집안이 늘 이런 식으로 화기애애하니 동네 사람들도 슬그머니 다가와 이야기를 듣는다. 마치 동네 사람들을 모아놓고 하는 글 낭송 시간인 것 같다.

나비가 제 아버지가 쓴 소설을 낭독한다.

"소설, 소설 제목은 이처사전(李處士傳)입니다. 지은이는 우리 아버지 담락당입니다."

나비가 소설을 읽어나가는 동안 여기저기서 킥킥거리는 소리가 나다가 훌쩍이며 우는 소리가 나기도 했다. 못 들은 사람을 위해 소설의 줄거리를 적자면 대충 이렇다.

마이산 아래 살던 이 처사는 어느 날부터인가 탑을 쌓기 시작했다.

탑을 쌓는 데에는 두 가지 이유가 있었다. 하나는

남들 다 보는 앞에서 정성을 다하여 하늘에 빌면 그 뜻이 상달돼 소원이 이루어진다는 걸 보여주기 위한 전시용이고 또 다른 하나는 남몰래 지은 죗값을 치르기위한 사죄의 뜻이 담겨 있는 속죄용이었다.

이 이야기는 후자에 대한 기술이다.

마이산은 조물주께서 금강산 일만 이천 봉을 만들기 위해 각처의 진귀한 바윗돌들을 모으던 중 여기 어디쯤에서 그만 그 한 덩어리를 떨어뜨려 생긴 봉우리다. 그것도 아직 채 굳지 않은 남극 바닷가에서 말랑말랑한 상태의 모래 반죽을 떠 오던 터라 주르륵 흘러내리던 그 모양대로 굳어버렸다는 것이다. 조물주가 이모래 반죽을 퍼 가려 했던 까닭은 이 흙덩어리를 가져다가 금강산에 하늘을 나는 천마를 만들어 세우려 했던 것인데 그만 여기 떨어져 두 귀만 그 형태를 남기고 말았다. 설악산 울산바위도 그런 바위 중의 하나다. 울산바위는 울산에 살던 바위로 저도 금강산 일만 이천봉 만드는 일에 보탬이 되겠다고 찾아가다가 이미 일만 이천 봉이 다 완성되었다는 말을 듣고 설악산에서 멈춰버렸다는 이야기가 있다. 그런데 여기 마이산에는 신비한 샘물이 있어 이 물을 마시고 아기 낳기를 소원하면 그 뜻이 소원한 바 뜻대로 이루어진다 하여 경향각처에서 득남을 원하는 여인네들이 찾아와 소원을 빌곤 하는 기도처가 되었다.

이 처사는 이들을 맞아 밥을 해주고 찬 이슬 맞지 않도록 기도처를 만들어 거처를 보살펴주는 일을 업으로 삼았다. 그러던 어느 날 한 젊은 여인이 찾아왔는데 보면 볼수록 어여뻐 참을 수가 없었다.

"처자는 어디서 왔소?"

"저는 경상도에서 왔습니다."

"그렇게 먼 길을 왜 혼자 왔어요?"

보통은 남편을 대동하고 오거나 몸종을 데리고 오는데 신발이 다 해지도록 혼자 걸어온 게 안타까워 묻는 이 처사였다.

"그러면 여기는 오기만 하면 애가 생긴다던가요?"

어디서 그런 헛소문을 들었냐며 여인을 나무라기는 했지만, 언감생심 회가 동하는 이 처사는 그날 밤 기어이 일을 저지르고 말았다. 어디서 들었는지 보시 중에서 최상의 보시는 육보시라는 말까지 해가며 시주를 도왔다.

여기까지 글을 읽던 아이가 모르는 말이 너무 많다며, 시주가 뭐야? 육보시는 또 뭐야? 하고 묻는다.

"안 되겠다. 그건 아이들이 읽을 글이 아니다."

삼의당이 첫째의 손에서 종이를 빼앗아 묵독한다. 갈수록 흥미진진한데 약간은 색정적이다. 여태 이런 종류의 글은 읽어본 적이 없다. 동네 사람들이 '우리도 듣게 큰 소리로 좀 읽어주세요' 하는 바람에 새중간에 들어 있는 진한 이야기는 생략하고 그다음을 소리 내어 읽기 시작하는 삼의당이다.

　　며칠 동안을 육림에서 놀아난 이 처사는 세상 사는 게 달라 보였다. 이렇게 황홀하게 살 수도 있구나, 속으로 쾌재를 불렀다. 이다음부터는 찾아오는 여인네마다 미끈한 암말로 보이는 이 처사였다. 그럴 때마다 그는 숨은 샘이 있는 안골 숲속으로 데려가 그짓을 즐겼다. 여기까지 찾아온 여인들 대부분이 남편과의 사이가 별로 좋지 않다든가 무슨 문제가 있어도 단단히 있어서 찾아온 경우가 많았기 때문에 별 저항 없이 처사의 말을 들었다.

　　(중략)

　　이렇게 몇 년을 지내는 사이 '아버지'라며 찾아오는 아이들이 생겼고 이 아이들을 앞세운 여인네들은 다시 아이를 축복해줄 것을 간절히 원하기도 하는 것이었다. 쉽게 말하자면 그는 씨받이의 씨알이 된 것인데 그 일이 그렇게도 좋을 수가 없었다. 부잣집 마님의 경우엔 아예 며칠씩 치성을 드릴 준비를 해 오는데 먹고 남을 만큼 음식은 물론이고 이 처사 몫의 사례비도 톡톡히 챙겨 왔다. 찾아오는 사연도 가지각색이었고 원하는 것도 가지각색이었다.

하루는 부잣집 마님이 찾아와, '우리 집 영감이 높은 벼슬자리에 있어 기방출입이 잦은 통에 갖가지 병을 묻혀 왔다'며 그러한 병을 고칠 수 있는 샘물도 있느냐 물었다. 이 처사는 수마이산 돌샘으로 여인을 데려가 '이 물이 만병통치약'이라며 그 물을 먹이고, 자신도 마시면서 서슴없이 그 짓을 했다. 그런데 아뿔싸, 이게 이렇게 난감한 일을 만들 줄은 스스로 도사라 일컫던 이 처사도 몰랐다.

"이야기가 이렇게 음탕하게 나가서 되겠어요?"

점잖지 못하다는 삼의당의 지적이다.

"소설이란 게 본래 저잣거리 이야기라 하거든?"

담락당은 자기 이름 그대로 질탕하게 노는 질펀한 소설을 써보고 싶다 한다.

"그러면 안 되지요. 아무리 소설이 제 맘대로 쓰는 글이라 하지만…"

그래도 글에는 품격이 있어야 할 거라는 삼의당이다. 적어도 자기 아이들 앞에서 읽어도 될 소설을 써야지 않겠느냔 주문이다. 지금 이 글은 아이들 앞에서는 낯부끄러워 읽을 수 없는 음란기가 있다 한다.

"계속 그러는 건 아니랍니다. 뒤에 가서 반전이란 게 있어야 소설의 묘미가 살아나는 거니까."

담락당은 끝까지 다 읽어보고 이야기하잔다.

동네 사람들도 재미있는데 왜 끊느냐고 항의를 한다.

삼의당은 하는 수 없이 다음을 읽어 내려간다.

　　이 처사는 자신이 무슨 짓을 하고 있는지도 모를 해괴한 짓거리를 하고, 아녀자를 능쳐 먹고도 아무런 죄책감도 느끼지 못했다. 그러나 그런 일이 계속되도록 그냥 놔둘 하늘이 아니다. 하늘은 모든 일이 공평무사하게 처리되기를 바란다. 그래서 맹자는 '순천자는 존하고 역천자는 망한다'고 했다. 그 말처럼 드디어 이 처사에게도 하늘의 심판이 다가왔다. 이 여자, 저 여자를 상관한 죗값으로 거시기에 창병이 옮겨붙은 것인데, 이는 좀처럼 낫는 병이 아니라 괴질 중의 상 괴질인 매독이다. 매독은 상처 부위가 매화꽃처럼 빨갛게 부풀어 올랐다 그 부위가 썩어 들어가는 병으로 일명 '매화병'이라고도 했다. 이름대로라면 참으로 아름다운 병이겠지만 치료약이 없는 창병이다.

　　전 일본을 통일하고 조선을 침범했던 도요토미 히데요시도 이 병에 걸려 고생하다 죽었다는 일설이 있다. 도요토미 히데요시가 이 병에 걸렸을 때 일본의 어의는 '서양에서 온 병이라 고칠 약이 없다' 하였다. 이는 일본에 상륙한 포르투갈 병사들에게서 일본 여자들에게로 옮겨진 악창으로, 백약이 무효라 걸리면 서서히 시달리다가 그 고통으로 죽고야 마는 괴질이다. 그런데 왜란 후 전쟁포로를 데리러 갔던 사명대사가 이 불치의 병을 고쳐주고 포로들을 인도받아 왔다는 이야기가 있다. 당연히 또 다른 일설로, 조선을 침범한 저들의 군홧발과 조총 자루에 그 병원균이 묻어 와 조선 여자들에게까지 전염됐다는 낭설이 떠돌았던 창병이다.

이 성병에 걸리면 아픈 것은 둘째치고라도 남 보기 창피스러워 아프단 소리도 못 한다. 하여 이 처사 고민 고민 끝에 다 죽게 생겼는데, 하루는 어디서 나타났는지 누더기 걸승이 찾아와 '그 병은 일본서 전쟁을 타고 건너온 무서운 병으로 처방약이 없다'는 엄포를 놓으며, 만약 그 병을 낫게 해주면 선하고 착한 일을 하겠느냐 묻는 것이었다. 이 처사 다급한 김에 병만 낫게 해준다면야 무슨 일이건 시키는 대로 다 하겠다 했다. 그러면서 그동안 치부해두었던 패물까지를 내놓는 것이었다.

"그러면 여기다 돌탑을 백 개 쌓아라."

죽을 때까지 돌탑을 쌓아 이곳을 찾는 사람들에게 신심을 일으킬 수 있도록 터전을 닦으라는 명이었다.

그러잖아도 불탑이라도 쌓아 거기 소원을 빌게 해야 장사가 잘될 것이라는 계산을 하고 있던 이 처사, 이거야말로 하늘이 돕는 계시라 생각하고 이날로 돌탑을 쌓기 시작했다.

"이게 그 마이탑사가 만들어진 유래인가요?"
"허 참, 남의 소설을 읽다가 엉뚱한 질문은 왜 나와요?"
마이산에는 물돌을 건져서 쌓아 올린 탑사가 몇 기 있다. 앞으로 수십 기를 더 쌓아야 백 개를 채운다. 그렇다면 마이산 탑사는 아직 미완성이란 말인가. 백 개의 돌탑을 쌓아야 이 처사 병이 낫는다면 이 처사 병 낫기는 틀렸다. 삼의당도 마이산을 몇 번이나 가보았고 탑사도 보았었다. 또 거기 있는 샘물을 마시고 득남을 빌기도 했다. 그러나 이 처사 이야기는 처음이다.

"거 참, 신기하네요?"
"신기하기는요? 뭐가 신기하단 말이오?"
두 사람이 똑같이 마이산을 가보고 암·수 샘물도 다 마셔보고 돌탑을 쌓고 있는 사람도 보았는데, 어찌 한 사람은 이런 내용을 알고 다른 사람은 아무것도 모르는가.

"관찰력이지요."
글은 눈으로 쓴다. 우리가 보고 듣고 경험한 이야기는 모두 글이 될 수 있다. 그렇지만 관찰하지 않으면 아무것도 볼 수 없다. 보기는 누구나 다 본다. 그러나 관찰은 누구나 다 하는 게 아니다. 관심을 두고 보는 것이 관찰이다. 그렇다면 남들도 다 하는 관찰의 사실을 가지고, 사실 그대로 쓴다면 소설이 될 것인가? 그건 또 아니다. 어느 각도에서 어느 정도의 심도를 가지고 어느 만큼 관찰하느냐가 관건이다. 보통 사람들의 눈이 정면만 바라본다면 작가의 시선은 앞뒤 전후, 좌우 상하를 두루 살핀다. 그것으로 족한가? 그 본 것만으로는 또 부족하다는 담락당은 소설은 사실적 이야기가 아니라 상상력을 덧보태야 하는 작업이라고 말한다.

"글은 말의 탑이지요."

돌로 탑을 쌓듯 작가는 말을 쌓아 글의 탑을 만든다. 글탑은 돌탑과 달라 언제 어디서 누구라도 볼 수 있다. 시간과 공간의 제약을 받지 않는다. 그만큼 공덕이 필요한 작업이다.

"듣고 보고 느낀 이야기를 그대로 쓰면 소설이 안 되지요."

이야기에다가 작가의 주관과 사상을 섞은 혼을 불어넣어야 소설이 된다. 여기에 들어 있는 일본 왕의 이야기 같은 게 바로 그것이다. 임진왜란을 일으켰던 왜구에 대한 저항감이다. 그게 혼불이다. 소설은 혼의 불인 것이다. 소설의 가장 작은 단위는 문자이고 그다음으로는 문장, 문장과 행간 속의 숨은 뜻이 소설이 되는 것이다. 이게 바로 문자 향이다. 올바른 글 읽기는 이 문자의 향기를 맡고 흠향하는 것이지 글자나 문장을 외우거나 분석해 따지는 것이 아니다. 그런데 글

211

을 마지막까지 다 읽고 난 삼의당이 한마디 한다.

"마지막이 문제네요."

"뭐가 문제라는 거지요?"

"이렇듯 다 설명해버리면 뭐가 소설이겠어요? 사서나 마찬가지 아니겠어요? 당신이 항상 말하던 독자의 상상력은 어디로 갔게요?"

삼의당은 소설이 소설다우려면 시시콜콜한 작가의 부연설명 따위는 필요 없다는 이야기를 한다. 그렇지만 제일 마지막 부분에 들어간 실용기술에 관한 정보는 그대로 두어도 괜찮겠다는 소견이다.

"그렇지? 그게 실사구시 사상이라는 거야."

작품에는 핵심적인 사상이 있어야 한다. 그게 주제다. 주제의식이 투철해야 좋은 작품이 된다. 재미만 있어서는 안 된다. 그런데 이처사전은 재미도 있고 주제도 현실적이다.

"그런데 말이지요. 그 기중기를 가르쳐준 사람이 바로 당신 아네요?"

작가가 소설 속에 작중인물로 그대로 투영되어도 괜찮겠느냔 이야기다. 독자는 그걸 모른다. 소설은 소설이기 때문에 어떤 장치를 하건 상관없다. 지금 새로 바뀌는 세상은 그런 과학적 응용철학이 필요하다는 담락당이다. 실제로 이 처사가 그런 기술, 기중기를 응용해 탑을 쌓았는지 전해져 내려오는 말대로 하룻밤에 도술을 이용해 쌓았는지 모르겠지만, 소설의 역할은 글을 통해 실생활에 필요한 정보를 주는 데 있다는 담락당의 말에 적극적으로 동의하는 삼의당이다. 그야말로 부창부수요 잘 맞는 한 쌍의 원앙이다. 이렇게 해서 마량에 부부작가가 탄생하였다. 한 사람은 시인이요, 또 한 사람은 소설가였다.

"가을이 되면 형님네들과 동생들이 다 올 거요."

선산에 묘사 지내러 오는 틈을 타서 형제들이 다 함께 즐기며 놀 수 있는 정자를 하나 지어 상량식을 할 요량이라는 이야기를 하는 담락당의 얼굴에 자신감이 넘친다. 정자를 지을 터전은 집에서 마주 보이는 강 건너 산언덕으로, 고운 선생의 '사계정'이 위치한 바로 아래쪽 강안이다. 거기 깎아지른 절벽 위에 앉아 쉴 만한 큰 바위가 있고 그 아래로 흐르는 물줄기의 소용돌이가 가히 술잔을 돌리며 시를 읊고 놀 만한 풍치가 있다는 것이다.

"그런데 왜 하필이면 그 가파른 절벽에다가 정자를 지어요? 무거운 자재는 어떻게 옮겨요? 일꾼도 없는데…."

"그런 건 걱정 안 해도 되어요. 도르래와 기중기를 이용하면 아무리 무거운 물건이라도 혼자서 거뜬히 들어 올릴 수 있어요. 아까 그 소설 안 읽어봤어요? 그 소설의 목적이 그런 기술을 전파하는 데 있어요."

자재를 옮기기도 힘들겠다는 삼의당에게 도르래를 설명하는 담락당이다. 내려오면서 수원성 쌓는 걸 본 담락당이다.

거기서 작은 돌을 들어올리는 기중기와 큰 바위를 들어올리는 거중기라는 걸 봤고 건축을 어떻게 효과적으로 하는지 눈으로 본 이야기를 한다. 그러면서 이미 정자 이름까지 '만취정'으로 지어놨다는 담락당이다.

"술에 취하자는 만취(滿醉)가 아니라 석양녘의 지는 해를 향해 달려가자는 만취(晚趣)라오. 우리도 이제 서녘을 향해 가는 마지막 햇살 같지 않겠소?"

"아직 쉰도 안 돼서? 그럴 나이는 아니지요."

"그러고 보니 내가 못나 당신 애 많이 먹였소."

담락당은 귀밑머리에 돋아나는 삼의당의 머리에서 새치를 하나 뽑아 들고,

"우리도 이제 시름을 잊고 살 때가 되지 않았소?"

하는 것이었다. 아무리 아등바등 해봤자 그게 그거다. 재물에 뜻을 두었다면 죽는 날까지 발버둥을 쳐도 그 욕망을 다 채울 수 없다. 다행스럽게도 이들의 꿈은 안빈낙도와 좋은 글에 있었기에 지금의 생활에서 크게 모자라는 것이 없다. 이제 인생의 부귀공명을 체념한 두 사람이 아니던가.

"그래요. 이제 욕심이라는 시름을 내려놓아야지요."

이들은 하루 동안에 일어난 이런저런 이야기들로 이야기꽃을 피운다. 흰 제비 새끼 이야기며 소설 이야기, 앞으로 지을 만취정 이야기…. 이왕 정자 이름을 만취정으로 정했다면 서재 이름도 만취재라 하면 어떻겠느냐 이야기가 나온다. 만

취재…, 지는 해를 바라보며 천천히 걸어가듯 천천히 천천히 공부해나가자는 만취재. 밤을 새워도 다 못할 이야기들이다.

"사람은 나이 들수록 곱게 늙어가야 해요."

욕심을 버리면 곱게 늙을 수 있다.

그런데 그날 밤 이들은 이상한 꿈을 꾸었고 공교롭게도 같은 꿈이었다. 만취정을 짓겠다고 터 잡아 놓은 그 산허리에서 불쑥 나타난 교룡이 집 안을 향해 쏜살같이 날아들었는데 그 바람에 집이 활활 불타는 무서운 꿈이었다.

"부인, 그 꿈이 혹시 태몽이 아닐까요?"

"태몽은 무슨 태몽? 이 나이에…. 그러고 보니 셋째가 죽은 게 이 무렵이네요. 혹시…."

"혹시 뭐요?"

"아, 아니어요."

삼의당은 혹시 애가 배가 고파 꿈에 나타난 것이 아닐까 하는 말을 하려다가 입을 꾹 눌러 닫는다. 어른 같으면 제사를 지내 배고픔을 달랬겠지만, 아이인지라 젯밥을 차리진 않았다. 그래도 마음속으로는 그날을 기억하고 있었던 삼의당이다.

"그렇군요. 난 잊고 있었소."

"모든 걸 다 기억하고 있을 필요는 없지요. 부모 앞서가는 것처럼 불효한 일이 없는데 그런 걸 어찌 일일이 다 기억하겠어요? 잊어버리시길 잘했어요."

"미안하오. 내가 요즘 생각하는 게 하도 많아서 그렇소."

"무얼 그리 생각할 게 있어요?"

담락당은 한양에 올라가 연암 선생을 만나보고 싶다는 이야기를 한다. 뵌 지도 오래되었고 소설이 뭔지 다시 물어보고 싶다는 것이다.

"이렇게 쓰면 소설이 되는지, 이런 글도 책을 낼 수 있는지, 한 수 배워 오고 싶어요."

"그렇게 하세요. 누가 말리겠어요?"

밭고랑 깊게 파 두렁을 짓고 갖가지 채소며 파종도 해놨으니 훨훨 다녀오시란 삼의당이다. 마침 갓도 하나 새로 맞춰 둔 게 있으니 의관을 제대로 갖춘 모습도 보여줄 필요가 있을 것이라는 이야기도 한다. 훈장을 따라갔던 그때는 너무 괴죄죄한 모습으로 선생을 뵀기 때문에 인상이 남아 있을 리 없을 것이라는 이야기도 한다.

"그때 그 훈장은 어떻게 되었어요?"

"너무 급진적인 사상을 펼치다가 남원 사람들한테 쫓겨났다지요?"

훈장은 천주학을 가르치려다가 덜미를 잡혀 향교를 물러났다 했다. 세월이 변해도 너무 급작스럽게 변한다.

"아무리 안빈낙도를 한다지만 세상 돌아가는 꼬락서니도 좀 알아야겠어요."

우물 안 개구리처럼 살아서는 시대에 걸맞은 글을 쓸 수 없다는 담락당이다. 이에 맞장구치는 삼의당이다. 한양길이

천 리라지만, 한양 가 한량처럼 놀 일이 아니라면, 스승 만나 소설책 출판을 상론하러 간다는데….

"행장을 꾸려 드리리다."

삼의당은 담락당이 타고 갈 말까지 빌려다 준다 했다. 역참의 파발마는 나라의 중대사가 아니면 이용할 수가 없다. 그러나 늙은 말은 폐사시키기 아까워 민간에 헐값으로 양도해 파는 경우가 있다. 늙은 말이라도 수레 정도는 끌 수 있으니까. 때마침 이웃에서 그 말을 사다 먹이는 생원댁이 있어 그 말을 빌릴 수 있다 한다.

"고맙소. 덕분에 말 타고 원님 노릇 하게 생겼구려."

삼의당은 남편을 떠나보내는 일이 기약도 없이 헤어지는 과거시험 보러 가는 한양길이 아닌 단기출장이라는 말에 안심한다. 말을 타고 간다면 며칠이면 된다. 그렇지만 그 새중간에 무슨 일이 생길지 걱정이 영 안 되는 것은 아니다. 남자는 집 나가면 호기로워진다. 호기가 가득 차면 모험심이 생기고 모험은 재앙을 부르기 마련이다. 그중에서도 술 재앙은 아무도 막을 수 없다. 술은 여자를 부르고 여자는 남자를 부리게 마련이다. 벌써 오래전 일이긴 하지만 한양에는 치마폭에 그림을 그려준 여인이 있다 했다. 그렇지만, 그렇다고 남자의 앞길을 막아서는 안 되겠기에 삼의당은 남자를 내보낸다.

"아무튼 몸조심하고 잘 다녀오세요."

그런데 며칠이 지나지 않아 한양 갔던 사람이 벌써 되돌아

왔다. 적어도 한 달포는 예상했는데 가자마자 되돌아온 한양 길이다. 무슨 일이 있었던 것일까. 한양을 갔다 온 담락당은 절망적인 목소리로 지금까지 썼던 소설들을 불태우지 않으면 안 되겠다는 이야기를 한다. 문체반정이 아주 극심화되었다는 것이다.

"문체반정이 뭔데요?"

"한마디로 말하자면 소설 같은 건 필요 없다는 이야기요."

지금까지는 연암을 비롯한 북학파들이 쓴 글이 새로운 바람을 일으키는 개혁의 문장이었지만 이러한 신진세력을 시기하는 훈구파들이 너무 많아 정통적인 글이 아닌 글 따위는 일체 금지를 시켰다는 설명이다.

"공자 왈 맹자 왈만이 정서이고 기행문이니 소설 따위 사서(私書)는 사서(史書)가 아니라 사악(邪惡) 한 사서(邪書)라는 겁니다."

때문에 임금의 비호를 받아오던 젊은 신진들이 반성문을 써내야 하는 사태까지 벌어졌다. 연암에게도 반성문을 써내라 하였지만 연암은 이를 거절하였다. 내가 무슨 잘못을 하였느냐, 반성문이라니? 당연히 영전을 기다리던 연암 박지원은 임기가 끝나고도 올 데 갈 데가 없어 안의에 주저앉아 있다가 겨우 얻은 자리가 면천 군수 자리였고 거기서도 오래 못 있어 양양 부사가 돼 변방으로 쫓겨났다가 건강이 좋지 않아 한양에 와 계시지만 세월이 좋지를 않다. 그러니 주변 사람들에게 그 불똥이 튈지도 모를 일이니 미리 조처를 취하라 했다.

"세상을 변화시키려는 사람들과 옛것을 고집하는 사람들 간의 밥그릇 싸움이지요."

"그러니 조변석개하는 벼슬자리 나가지 않은 걸 다행으로 생각하셔야지요."

"등 떠밀어 벼슬자리 구하라던 때는 언제고 이제 와서 또 다행이라니요?"

그대 마음이 조변석개 같다는 담락당이다.

"그때는 목구멍이 포도청이었지요."

그리고 나 잘 먹고 나 혼자 잘살자 그랬느냐? 부모님 좀 더 편안하게 모실 궁리를 하다 보니 그 길밖에 생각나는 게 없었다는 삼의당이다. 이제는 일단 그런 생활고는 잊어버렸으니 형제들 불러 우애 좋게 지내라는 당부를 한다.

"그러니 형제들이 오는 가을까지 기다릴 필요 없이 지금부터라도 정자를 지을 초석을 놓고 형제들이 오는 날은 상량식만 올리도록 일을 앞당기는 것도 좋지 않겠어요?"

"부인은 어찌 그리 모든 일에 나보다 앞장을 서오?"

칭찬을 아끼지 않는 담락당이다. 그러면서 선물을 하나 얻어 왔다며 그림 한 장을 내민다. 멀리 달빛이 비치는 강 언덕에 정자가 있고 누대 위에 거문고를 타는 여인과 이를 듣고 있는 선비가 자리하고 있는 그림이다. 연암 선생이 아끼던 그림 중 하나인데 얻어 왔단다.

"호생관의 그림이오."

"호생관이요?"

호생관(毫生館)은 가는 터럭의 붓 '호' 자를 써 붓이 생동하여 움직인다는 뜻으로 붓끝이 가는 대로 대상이 따라 움직였다는 화가의 호다. 그의 자는 칠칠이고 본명은 최북이라 했다. 전라도 무주 사람으로 기인 중의 기인인데 어디 한 군데 얽매이는 것을 싫어해 천하를 주유하다가 세상을 떴다고 한다. 일본에 통신사로 갔다 오기까지 한 그는 한 지체 높은 양반이 초상화를 그려달라고 강요하는 바람에 '너 같은 인간을 그리느니 차라리 세상을 안 보는 게 낫다'며 스스로 자기 눈을 찔러 병신이 되었다는 일화가 있다.

"우리가 태어날 무렵에 돌아가신 양반이긴 하지만, 한양에서는 그처럼 자유로운 영혼이 없다는 이야기들이었소."

"전에도 한 번 들은 이야기 같은데…."

"그랬소? 그럴 수 있지. 내가 흠모하는 분이니."

참다운 작가는 어디든 얽매이지 않고 창작활동을 하는 것임을 배워 왔다는 담락당이다. 담락당은 작가의 자질로 자유로운 영혼을 꼽는다. 작가는 생각이 자유로워야 하고 행동에도 자유가 따라야 한다. 전에도 몇 번이나 들었던 이야기다. 허나 삼의당은 남편의 이야기를 끊지 않는다.

"매월당 김시습이나 칠칠이 최북이나 영혼이 자유로웠기 때문에 좋은 작품을 남겼지요."

그런데 저들은 둘 다 가정생활이 없었던 데 비해 지금 우리는 이렇게 행복한 생활을 영위하면서도 작품을 쓸 수 있으니 이 얼마나 다행이냐는 담락당이다. 게다가 부부가 같이 글을 쓰고 있으니 정말 행운이라는 이야기다. 그러나 담락당은 차마 숨겨놓은 이야기 하나는 하지 못한다. 이번 한양행은 편찮으신 연암 선생을 살아생전 마지막으로 보는 것도 목적이었지만 또 다른 일도 하나 있었던 것이다. 이 이야기는 나중에 기회가 닿으면 다시 하기로 하고 연암 박지원이 마지막으로 했던 말을 되풀이한다.

"광기가 작품을 만든다 하더이다."

최북이나 김시습이 미쳐 돌아다니지 않았다면 어찌 그림을 그리고 글을 썼을 것인가, 그 광기로 작품을 만든 것이다. 작가의 마음속에 광기가 사라지면 창작욕도 떨어진다.

"연암 선생은 이제 그 광기를 잃어 창작욕이 사라졌다 하더이다. 문체반정으로 된서리를 맞은 게지요."

이제 그 충격에서 벗어날 때도 됐는데 하마 나이가 다 됐다는 것이다. 나이가 들면 의욕이 먼저 꺾인다.

담락당은 그 나이가 되기 전에, 한 나이라도 더 젊을 때 창작욕을 불태울 수 있는 일을 해야 한다. 그렇지만 세상이 계속 이렇게 흘러간다면 그 일도 아무 짝에도 소용없는 일이 돼버리고 만다. 이미 그 분야에서 대가들도 운신을 못 하는 판국에 이제 시작하는 신진이야 말해 무얼 할 것인가. 그렇지만 또 한 가지, 잘한 일이 있다. 그러면서도 한양 가서 연암의 조카뻘 되는 총각을 선보고 왔다는 이야기는 하지 않는다. 이쪽에서 서두르는 것보다는 그쪽에서 먼저 청을 넣기를 바라는 마음이 삼의당의 체면을 세워주는 것이라 생각했기 때문이다.

"도르랜가 뭐 그런 거…, 새로 고안했다는 기술을 보고 싶어요."

딸의 혼사 문제를 이야기할까 말까 망설이고 있는데 삼의당이 말을 다른 데로 돌려 담락당도 화제를 바꾼다.

'아녀자가 그런 일에도 관심이 가오?'

하려다가 이 말은 입속으로 삼키는 담락당이다. 헛말이라도 아내를 보고 아녀자라는 말을 해서는 안 될 것이기 때문이다. 부부가 유별하다는 것은 부부가 각기 다르다는 뜻이아니라 서로 존중해주어야 함이다. 존중은 말에서 비롯된다. 신혼 초에 벌써 다짐했던 말들이다. 세월이 갈수록 이 말들의 약속이 해이해지기 십상이고 말이 풀어지면 만사가 풀어지게 마련이다. 긴장 속에서 사랑과 화평이 자라난다. 가정생활에 꼭 필요한 것이 이 긴장감이다.

"내 그렇게 하리다. 부인!"

담락당은 순순히 가을 시제 때쯤엔 낙성식을 할 계획으로 지금부터 일을 시작하겠다 한다. 천 리 길도 한 걸음에서부터다.

담락당은 이날로 정자 짓는 일을 시작한다.

10
만취정晚趣亭 이야기

　해가 바뀌고 삼 년이 지나도록 만취정은 짓지 못했다.

　그사이 담락당의 아버지 하경천이 세상을 떠나 내동산 선산에다가 장사를 치러야 했고 곧 넷째 아이가 태어났는데 사내였다. 별이 떨어지면 또 다른 별이 생기고, 한 사람이 가면 또 한 사람이 온다더니 그 말이 정말 맞는지 죽고 태어나고를 거듭하는 윤회의 고리를 본다.

　"하늘이 도우신 게야."

　귀하게 연결된 이 고리가 끊어져 나가지 않도록 하기 위해 아들 성기(成基)의 또 다른 이름을 특별히 지어 '바보 멍청이'의 마지막 자 '청'을 따서 '청'이라 부르기까지 했다. 이는, 이제 막 태어난 신생아를 영리하고 잘났다 하면 악귀가 씐다는 속설에 따라 못생기고, 입은 옷조차 누추하고, 등신 바보 같다는 소리를 일부러 입 밖으로 넘으로써 악귀가 듣고 이 아이를 주목하지 않도록 하는 양법이다. 이 주술 같은 양법은 아이가 제힘으로 제 발길을 옮겨 걸음마를 할 때까지 계속되었다. 그날이 삼년상을 치르고 여막살이를 벗어나는 해였으니 우연도 이런 우연은 우연이 아니라 필연이라 말할 수밖에 없다. 이들에게 일어나는 모든 일은 미리 예정된 필연의 연속이었다.

"이제 삼년상도 치렀고 우리 청이도 제힘으로 걸음마를 떼고 있으니 정자 짓던 일을 계속해야겠어요."

담락당은 형들의 이름을 나란히 정자 뒤편 암벽에 새겨 넣고 영원한 형제애를 다짐한다. 산소 옆에 여막을 지어 삼 년 동안 여막살이를 한 사람치고는 얼굴이 초췌하진 않다. 다만 그동안 여막살이 하면서 틈틈이 태워버린 글들이 머릿속을 떠나지 않고 맴도는 게 안타까울 뿐이었다. 글은 작가의 분신이나 마찬가지다. 부모가 자신의 분신이었던 것처럼, 그런데도 부모를 흙 속에 묻어버린 것처럼 그는 부모의 산소 옆에다 그 자신의 분신들을 함께 묻었다. 글 중에 천주학에 관련된 글을 죄다 가려서 태운 걸 보면, 정약용의 형제들이 귀양을 갔다는 소문이 그를 그렇게 만들었는지 모른다. 행여나 부모의 잘못이 아들 대에 미칠까 봐 한 일이었다. 정자 짓는 일을 하다가도 가끔씩 저 건너 들녘 너머로 아득히 바라다보이는 내동산을 바라보는 연유다.

"시작이 반이라고, 그래도 시작하니 완공을 보네요."

"당신이 고안해낸 기중기 덕분이지요. 그 덕에 인부들 쓰지 않고도 역사를 끝낼 수 있었잖아요."

드디어 공사가 완공돼 형제들이 모두 모였다. 그 손에 술단 지도 들려 있고 고기도 사 왔다. 이들 형제는 잘살지는 못해 도 우애 하나는 끝내준다는 평판을 듣고 있다. 어릴 때부터 형제간에 누가 하나 싸우면 벌떼처럼 대들어 편을 드는 바람 에 웬만해서는 이들 형제를 건들지 못했던 집안이었다.

"그동안 빚도 많이 졌다던데 무슨 돈으로 이런 큰 공사를 했나?"

형제들의 염려에 담락당은 걱정 말라 한다.

"까짓 사람 나고 돈 나지 돈 나고 사람 나겠어?"

아버지 장사 치르고 여막살이 하느라 빚을 진 건 사실이지 만 그게 오히려 전화위복을 가져왔다는 담락당이다. 상문을 왔던 하정팔이 마음도 울적하고 할 텐데 자기 집에 한번 다 녀가라 해서 갔더니 보신이나 하라면서 삼 뿌리를 내주기에 오다가 그걸 되팔아서 큰돈을 벌었다 한다.

"그게 산삼이었나 보네?"

"아마도…."

그걸 준 사람은 하도 많은 선물이 들어오는 집안이라, 그 렇게 값비싼 백 년 묵은 천종이라는 걸 몰랐을 거라는 이야 기다.

"그리 귀한 거라면 그걸 먹지 왜 팔아?"

아버님이나 계셨으면 몸보신하라 드렸겠지만 젊은 내가 그런 걸 먹어 뭐 해? 그래서 팔아서 돈을 마련했다는 담락당이다. 듣던 중 부끄럽고도 미안한 생각이 드는 형들이다. 가까이 두고 모셔도 변변히 약 한 첩 지어드리지 못하고 놓쳐버린 아버님 생각을 이리도 극진히 하니 민망할 뿐이다.

"하정팔이 누군데?" 호기심 많은 넷째 우락당友樂堂 식湜이 묻는다.

"아, 하정팔…. 한양에서 같이 공부하던 사람인데…"

여기 마량에 집 짓고 살 땅을 주기도 했고, 공파는 다르지만 우리 일족이며 굳이 촌수를 따지자면 조카뻘이 된다고 하였다. 그런데도 늘 친구처럼 맞먹고 지냈다.

"셋째 형은 그런 친구 있어 좋겠다."

막내 화락당(和樂堂) 봉(漨)의 말이다.

"그래 우리 막내도 앞으로 좋은 친구 많이 생길 거야."

담락당은 하정팔에 대해서 여기다가 집 지을 땅을 준 사람이란 이야긴 했지만 여막질로 돈을 벌었다는 말은 하지 않았다. 더군다나 과장에서 시험 답안지를 바꿔 제출함으로써 그를 합격시켜줬다는 이야기도 하지 않았다. 답안지 바꿔치기한 은공으로 주는 그런 구린 돈으로 지은 정자라면 거기 앉아 술 마실 형제가 없을 것 같았기 때문이다. 돈은 없어도 고고한 학들이 아닌가.

"지금까지는 우리가 부르기 쉽게 일락당, 이락당… 오락당이라 불렀는데 이제부턴 여기 적힌 대로 호를 불러야 할 거야. 각기 그 이름자 속에 숨은 뜻이 있으니 잘 새겨서 살았으면 해."

첫째 빈(瀕)의 호는 저 혼자 독야청청이라고 독락당. 둘째 준(濬)의 호는 둘째 그대로 이락당(二樂堂). 셋째 립(浥)은 자전에도 없는 이름자를 쓴 것처럼 질펀하게 잘 놀라고 담락당(湛樂堂). 넷째 식(湜)은 우애 있게 지내라고 우락당(友樂堂). 막내 봉(濷)은 형제들 간의 화합을 책임지라고 화락당(和樂堂)이라 새겼다는 담락당이다.

"그동안 수고가 많았다."

첫째가 독락당(獨樂堂) 빈(瀕)이라고 쓴 이름자 밑에 돈을 놓는다.

"우리가 할 일을 네가 다했다."

둘째 역시 이락당(二樂堂) 준(濬)이라고 쓴 이름자 밑에 돈을 놓는다. 넷째와 다섯째도 형들을 따라 각기 그 이름자 밑에 성금을 놓는 성의를 보인다. 그리고는 그 옆에 새겨진 '진양하씨오현장구지대(晋陽河氏五賢杖屨之臺)'라 깊이 새긴 각자 앞에 서 공손히 두 손을 모아 합장들을 한다. 진양 하씨 문중 하경천의 아들 다섯 형제들이 놀던 곳이라는 뜻이겠다.

"우리 진양 하씨 다섯 형제들 모두 모두 무탈하게 하옵시고 하늘에 먼저 가신 경 자 천 자 아버님 부디부디 영세불망하시기를 비옵니다."

담락당이 하늘에 고하자 영험하게도 서녘 하늘로 붉은 노을이 진다. 돌을 쪼아 이름자를 파고 축대를 고르느라 보낸 지난 공사 기간의 노고가 싹 사라지는 순간이다. 이제 여기서 지는 해를 바라보며 촛불을 밝힐 수 있으니 술이 없을 쏘냐. 담락당은 술이 담긴 기이한 호리병을 흔들어 보이며,

"이 술병은 도백 원인손이 아버님 생신 때 보내온 술인데 술은 그때 다 마셨지만 술병이 하도 귀한 것이라…."

지금까지 간직해온 물건으로, 아버님 유품에다 귀한 청주를 담아 왔다 한다. 맑은 술로 천지신명님께 먼저 고수레를 하고 돌아가신 선친 전에 일 배 올린 후 한 잔씩들 하자는 담락당이다.

"이 술병을 좀 보세요."

하도 오래된 것이라 벌써 주둥아리가 깨진 것을 삼의당이 송진으로 붙여 쓰는 물건이라 한다. 그러면서 이 술병에 대한 시를 지은 게 있다며 들어보란다.

첫눈에 이역의 기이한 물건임을 알겠는데
청동 바탕에 자기 장식을 하였네
이는 어진 분이 보내오신 선물이니
주둥이나 발 상하지 말라고 아이들에게 경계했네

"형은 좋겠어. 시 잘 짓는 형수도 있고."

막내 화락당의 말에,

"아우도 장가들면 좋은 시 짓는 아내를 만나게 될 거야. 그게 꿈이라면."

사람은 꿈꾸는 대로 이루어진다 한다.

"그런 의미에서 화락당도 시 한 수 읊어보시지?"

이쯤에서 막내의 글 짓는 솜씨를 시험해보고 싶은 형이다. 그러나 막내의 재치가 이만저만이 아니다. 미꾸라지처럼 쏙 빠져나가는 언변이 보통을 넘는다.

"치, 그런 게 어디 있어. 찬물도 아래위 순서가 있다더니 먹을 때는 위에서부터고 노래는 아래에서부터야?"

"그 말도 듣고 보니 일리가 있네. 그럼 순서대로 첫째 형 독락당부터 시작해야겠네."

"좋아. 내가 운자를 하나씩 떼어주지. 각기 자기 이름자를 두운이나 압운으로 넣어서 시를 짓는 거야."

첫째가 이렇게 넉 줄짜리 시를 지었다.

    독야청청 자랑 마라 폭설이 오면
    저 홀로 서 있다 풍장목 되기 십상이라
    오래 살고 싶으면 숲을 이루어라
    서로가 서로의 바람막이가 되어라

"과연 첫째 형다운 시야."

형제들 단합과 화목을 이르는 시다.

이번에는 둘째가 얼른 받아 두 줄짜리 시를 짓는다.

이러쿵저러쿵 말만 하지 말고
돈 많이 벌어 자급자족하리오

이 시에 대한 반론이 제기되었다.

"너 나보고 야유하는 것이냐? 돈 좀 벌었다고 유세 부리는 것 같은데? 이런 자리에서까지 돈타령하면 안 되지."

둘째는 공사판에 뛰어들어 돈을 좀 벌어들였다. 사농공상이란 말에 진저리를 치던 나머지, 체통이 밥 먹여 주느냐며 스스로 상공인이 된 것인데, 글에서도 그 냄새를 지울 수가 없다. 글은 생각하는 것만큼 나오는 것이다.

"형은 나한테 빌려 간 돈도 안 갚잖아?"

"그깟 빌린 돈이 대수야? 그래서 이런 자리에서까지 사람 망신을 주자는 거야?"

잘 시작된 시회가 그만 싸움으로 비화될 판국이다. 누군가 나서서 정리를 해야 한다. 이럴 때 할 일이 막내 화락당의 역할이다.

"형들아, 들어봐라. 이 막내가 시를 하나 지었다."

세상에 없는 기가 막히는 시를 지었으니 들어보란다.

당대의 영웅호걸이 여기 다 모였네
당대의 천재만재가 여기 다 모였네
당대의 바보천치가 여기 다 모였네
당대의 오락당형제 여기 다 모였네

"어때? 끝 자를 이어 붙인 시거든? 누가 이런 시를 쓰겠
어."

하씨 문중의 경 자 천 자 아들들이 아니면 지어낼 수 없는
가작이라 자화자찬까지 하는 막내. 곰곰이 들여다보면 수
작임에 틀림없다. 시는 모름지기 이렇게 즉흥적이고도 순간
의 모면이어야 한다.

"오늘의 장원이다."

"누가 그래? 아직 이 선수 남아 있구만, 내 시도 한번 들어
보고 순위를 매겨야지."

넷째가 또 기염을 토하고 나선다.

우야든동 우리는 오락당 형제
희희낙락 마시고 즐기는 형제
만취정 정자 짓고 처음 만나
우애를 나누니 노을빛도 더욱 붉고나

"이것도 또 장원감이네."

누구에게 술잔을 돌려야 할지 모르겠다. 모두 장원감이다.

어느덧 해는 기울고 발아래 흐르는 강물 위로 낙조가 비친다. 한 잔씩 술이 된 형제들의 얼굴에 취기가 돈다. 이러한 순간을 위해 얼마나 오랜 시간을 기다려왔던가. 자칫하면 사달이 될 뻔했던 돈 이야기도 들어갔고 갈고닦은 시문도 한 차례 시험하고 놀았으니 이제부턴 또 노래가 안 나올 수 없겠다.

삼촌들이 이렇게 화기애애하게 노는 것을 보고 그냥 있을 수 없는 나비다.

"제가 감히 백부님과 삼촌들께 한 말씀 올려도 될까요?"

공손히 두 손을 모으고 여쭙는 조카의 귀여움에

"그래? 그래 무슨 말인고?"

하는 독락당이다. 이름자 그대로 혼자서만 놀지 동생들이나 조카들하고는 잘 어울리지 않던 첫째다. 첫째이면서도 이 자리에선 좌장이다. 그나저나 오늘은 좌장답지 않게 동생에게 당할 뻔한 일이 있어 못내 기분이 씁쓰레한 참이다.

"주인 없는 잔치 없다 하지 않았습니까?"

"그렇지, 주인 없는 잔치가 어디 있겠니?"

둘째 이락당이 먼저 끼어든다. 또 맏형의 자리를 빼앗아 차고앉는 것이다. 벌써 나비가 무슨 말을 하려는지 알아차렸다. 집안 대소사 길흉사가 있을 때마다 노래를 해 귀염을 독차지하던 집안의 재롱둥이가 아닌가. 이제 좀 커서 열없어 할 줄 알았더니 아직도 그 끼를 버리지 못하고 있는 것이 대견스럽다. 그렇더라도, 조카의 말이 무슨 뜻인지 알았더라도, 맏형이 첫말을 받았으면 끝까지 대화를 이어나가도록 참고 기다려야지, 불쑥 그 말을 가로채면 어쩌라 는 것이냐? 또 싸움이 도졌다.

"너는 꼭 내가 할 말에 토를 달더라."

"할 말에 토를 달다니?"

아무것도 아닌 일로 티격태격 싸움이 벌어진다. 대체 무슨 억하심정이 쌓여 첫째와 둘째는 그 울분을 삭이지 못하는가. 아버지가 돌아가시자 맏형인 독락당이 호상이 되었다. 그동안 출입하는 곳마다 부의를 한 공덕이 있어 부좃돈이 상당히 들어왔다. 그만하면 장의 비용으로 충당이 될 만했다. 그런데 남원에서 진안까지 오는 운구 비용을 둘째에게 떠맡겼다. 말로는 장사 치른 뒤 계산을 하자 해놓고 그 계산을 할 생각을 안 하더라는 것이다. 진안에서 든 경비는 전부 담락당이 댔으니, 그래서 없는 돈에 빚까지 져가며 장사를 치렀고 여막살이까지 했으니 셋째에게도 갚아야 할 빚이 있는데 첫째가 입을 싹 닦아버렸다는 것이다. 말로는 빌려달라 해놓고 유야무야 그냥 지나가면 그게 형제간에 할 도리냐는 둘째의 불만이다. 술이 웬수다. 술이 들어가니까 술기운이 사람을 잡는다.

"그래 이왕지사 말이 나왔으니 이참에 속 시원히 해결하고 놀자."

"해결은 무슨 해결, 다 지난 일을 가지고⋯."

담락당은 전은 이렇고 후는 이렇고 하는 형들의 싸움을 더 이상 보고 있을 수 없어 한 수 거든다. 형제간에 그깟 돈 몇 푼 가지고 옹알이를 품고 살 것인가.

"형, 들어봐. 내가 그 돈보다 훨씬 많은 돈을 벌 수 있는 기술을 가르쳐주면 이제 다시 그런 소리 안 할 거지?"

이락당은 이미 삼락당의 조언을 받아 기와공장을 차려 큰 돈을 벌었다. 이제 또다시 돈 벌 기술을 가르쳐준다니 귀가 솔깃하다.

"이 정자 짓는데 일꾼이 몇이나 들었겠어?"

저 강 건너에서부터 여기까지 나무며 돌을 들어 올리자면 수많은 인부가 필요했을 것이다. 그런데 이 일을 담락당이 혼자서 해냈다는 이야기에 두 귀가 솔깃해진 이락당이다.

"내가 그 기술 가르쳐주면 다시는 독락당 형한테 돈 내라 소리 안 할 거지?"

고개를 주억거리는 이락당이다. 둘째는 그렇게 단순하다. 그러니만큼 형제들 중 가장 올곧은 성격이다. 담락당은 오늘 형들을 부른 실질적 이유가 여기 있다며 기중기와 도르래를 꺼내 보여준다.

"여기는 이 나무가 있어 따로 삼발이를 세우지 않아도 되지만 이 도르래를 삼발이에 매달아 움직이면 아무리 큰 물건도 혼자서 거뜬히 들어 올릴 수 있어."

담락당은 도르래의 원리와 지금 한창 공사 중인 수원성에서는 이보다 큰 거중기를 이용해 힘들이지 않고 바윗돌을 들어 축성을 하고 있다는 설명을 한다. 그리고 마이산 이 처사 이야기도 한다. 머잖아 남원읍성도 새로이 축성을 해야 할 것이고 허물어진 문화재를 보수하자면 이러한 기술을 가진 자가 돈을 벌 수밖에 없다는 이야기를 하는 담락당이다. 야, 그것 참 희한한 물건이네. 돈 버는 일이 눈앞에 선한 이락당은 금방 꽁했던 마음을 풀고,

"그래, 주인 먼저라고 했으니, 주인 먼저 한번 해봐라."

하고 나비에게 노래를 주문한다. 사업 이야기는 더 길게 하지 않아도 감이 잡히는 둘째다.

나비가 제 어미가 쓴 시라며 시를 읊는다.

> 석양에 그늘로 자리 옮겨 앉으니
> 깊은 숲속에서 우는 새소리 듣기 좋네
> 막걸리 석 잔에 노래 한 곡 부르니
> 맑은 바람 밝은 달 주인의 마음이네

청량한 목소리의 낭독이 끝나자 이번에는 막내가 자청해서 시를 읊었고 위로 올라가는 오름차순으로 시가 줄줄이 나왔다. 형제들 노는 풍류를 보고 동네 사람들이, '저 사람들은 우리와 노는 풍이 다르다'며 혀를 내둘렀다. 정자 아래 강

이 있고 강 건너 둑에 구경꾼들이 잔뜩 몰려 있었다. 이날은 너나 할 것 없이 술과 고기를 나눠 먹고 푸짐하게 즐겼다. 동네잔치가 된 것이다.

만취정에서의 하루는 강 건너 세속에서의 몇 년과 같은 세월이었다. 이제 이들 부부는 만취정에 올라 시가를 읊는 것으로 일과를 삼았다. 발아래 내려다보이는 강물은 섬진강의 한 지류로 마이산에서 발원한다. 마이산 정상에 떨어진 빗방울이 북녘으로 굴러가면 금강으로 흘러들어 서해 바다로 가고 남녘으로 굴러떨어지면 섬진강이 되어 남해 바다로 흘러든다. 이제 이들은 매일같이 남해 바다를 꿈꾸며 만취정에 올라 시가를 읊는 생활을 즐겼다.

"저렇게 살면 얼마나 좋을꼬?"

비록 가진 건 없어도 자급자족하는 삶이다.

이날 이후 동네 사람들이 담락당 부부를 대하는 태도가 달라졌다. 힘든 일이 있으면 자청해서 도와주었고 자기네들 밭갈이할 때는 이들의 밭도 갈아주었다. 무엇보다도 이들 부부를 즐겁게 해주는 일은 늦둥이 성기가 무럭무럭 잘 자라주는 모습이었다.

그런데 이게 무슨 일인가? 호사다마라고 좋은 일도 없었는데 궂은일이 또 생겼다. 궂은일 정도가 아니라 하늘이 무너지는 청천벽력이었다. 첫째 딸 나비가 갑자기 죽어버린 것이다.

담락당은 이 환난에도 언젠가 만났던 누더기 스님이 말했던 그 말이 떠올라 몸서리를 쳤다. 끝까지 물고 늘어지는 재앙의 꼬리들.

'두 사람이 혼인을 한 나이만큼의 그날이 오면 알 수 없는 재앙이 일어날 것이오. 그날을 대비해서….'

뭐 어찌하라 했는데 그 양법을 잊어버렸다. 귀담아듣지 않았던 것이다. 셋째 딸이 그 재앙을 당했을 때는 자리에 없어 그랬다고 할 수 있었겠지만, 첫째는 두 눈 뻔히 뜨고 당했다. 과필재앙이라 했다. 무얼 잘못해 일어날 재앙이었단 말인가? 천리를 어긴 대가라 했던가? 무슨 천륜을 어겼단 말인가. 아직 혼인도 하기 전에 생겨버린 아이를 두고 하는 말이라 했던가? 누더기는 천기누설에 해당하는 말이지만 귀담아 들어두라는 당부까지 했었다. 그러면서 그 대비책까지 이야기했고, 신사임당과 율곡 이이의 탄생설화를 비유로 들어가면서까지 예언했었다. 그런데 그 예언은 셋째의 죽음으로 끝난 것이 아니었나? 하늘의 이치란 정말 알 수 없는 담락당이다. 역학을 공부하고 풍수지리를 익히고 사주팔자를 본다고 자처했던 그로서는 도무지 이 일을 납득할 수가 없다.

"대체 왜? 왜 우리에게 이런 재액이 두 번씩이나 겹쳐 일어나지?"

"하늘이여 어찌 이러시나이까?"

담락당은 식음을 전폐하였고 삼의당은 실신을 했다. 워낙 건강한 체질의 첫째였고 넷째가 함께 아파 넷째에게만 신경을 썼던 게 너무 가슴 아픈 회한으로 남는다. 그것도 사내 꼬투리라고 아들에게만 정신을 쏟았던 자신이 부끄럽다. 말로만 남녀평등이지 자신이 한 짓은 말 따로 행동 따로 아니었던가. 역병이 돌고, 세 아이가 다 이마에 열이 펄펄 끓었는데…, 유독 사내아이인 청이에게만 정신을 쏟아부었던 것이다. 생각하면 할수록 수치스러운 일이 아닐 수 없다. 어찌하여 인간이 이리도 간사할 수 있단 말인가. 왜 그랬을까, 안되는 줄 알면서도 왜 그랬을까? 첫째는 강건한 체질이라 너무 믿었던 게 탈이었는지도 모른다. 둘째와 넷째에게는 약을 지어 먹였는데 첫째에게는 약도 제대로 주지 않았다. 자고 일어나 보니 이미 싸늘하게 식어 있었다.

이 일을 두고 담락당은 누더기 스님이 말한 예언이 적중했다는 뒤늦은 생각을 한다. 법계도를 돌다가 돌아섰던 그때, 누더기는 1과 3의 숫자에 문제가 있다고 말했다. 그때는 그걸 삼재로 생각했었는데 그게 아니었던 모양이다. 삼재가 아니라 첫째와 셋째를 지칭한 숫자였던 것 같다. 그의 말속에 '두 사람이 만나 산 햇수'도 거론했던 것인바 그게 바로 18이라는 숫자로 열여덟 살을 암시했던 게 틀림없다. 그렇다면 이 일은 이미 예정된 운명이다. 하늘이 결정한 운명은 인간이 거역할 수 없는 숙명이다. 이제 아내를 위로하고 달랠 말을 찾아낸 담락당은 그간 긴가민가하며 잊고 지냈던 이야기를 털어놓고 하는 수밖에 없다.

"이 역시 하늘이 정한 일이니 어찌하겠소?"

삼의당은 그렇다면 이 일도 글을 적어 남겨야 한다고 말한다. 하늘의 잔인함도 기록해두어야 한다는 것이다. 아울러 글로나마 자신의 부끄러움을 반성해야 한다. 글은 솔직한 자신의 기록이다. 기록에 거짓이 있어선 안 된다. 자신의 기록이 과장되거나 미문에 치우쳐서는 안 된다. 글은 자기반성이며 참회의 목소리여야 한다. 기록이 아니면 인생은 한낱 바람결에 지나지 않는다. 역사가 세상 돌아가는 기록이라면 시문은 개개인의 역사다. 문장이야말로 아픔을 아픔으로 승화시키는 슬기로운 지혜다. 독에 독을 타 마시면 해독제가 되듯 지독한 아픔도 아픔을 타 마시면 그 아픔이 가실 수밖에 없다.

삼의당은 애지중지 18년을 길러온 딸의 죽음을 이렇게 기록하고 있다.

아! 슬프구나. 사람이 태어나서 사는 날이 얼마나 되겠느냐. 사람이 살아서 비록 백년을 산다 하더라도 오히려 부족한데 더군다나 태어나서 스무 살을 못 채운 사람이겠느냐. 설사 요절한 사람이 위로 부모가 없고 아래로 형제가 없더라도 듣고 본 이웃고을 사람들이나 친척들이라도 슬퍼하지 않을 수 없을 것이다. 그런데 더군다나 부모가 모두 살아 있고 형제가 다 살아 있는데 하루아침에 갑자기 죽어 떠나간다면 그 부모형제의 마음이 어떠하겠느냐?

옛날 한창려는 십이랑과 숙질 사이였는데도 그가 지은 제문을 보면 정이 아주 간절하고 말에 슬픔이 가득 차 있는데 하물며 너와 나는 어미와 딸 사이니 그 정과 말이 어떠하겠느냐?

내가 신유년부터 진안에 살았는데 1년이 지난 임술년에 홍역이 크게 치성하여 한양에서 호남에 이르기까지 죽은 자가 이루 셀 수 없을 정도로 많았다. 계해년 정월에 홍역이 우리 집에 처음 전염되어 네가 몹시 앓았지만 나는 설마 죽겠는가, 반드시 살아날 것으로 여겼는데 병이 더욱 심해져서 끝내 마침내 나를 버려두고 갈 줄이야 어찌 생각이나 했겠느냐?

아, 슬프구나. 네가 이 인간 세상에 산 것은 겨우 열여덟 해인데 어찌 스무 살도 채우지 못하고 요절했으며 어찌 어른이 되기 전에 죽었단 말이냐? 우리 집에는 심부름 하는 아이가 없어 밥 짓는 일도 네가 맡아 해야 했고 길쌈도 네게 맡겨야 했다. 너는 아무리 힘든 일도 싫다 하지 않았으며 아무리 어려운 일이라 해도 피하지 않았다. 너는 나에게 이처럼 힘을 다해 도와주었는데 나는 너에게 어미 된 도리를 만분의 일도 하지 못했구나. 이런 생각을 하자니 더욱 슬프고 처참한 마음이 드는구나. 네가 병이 들었을 때는 살아날 것이라 생각했지 죽을 것이라 생각하지 못 했기에 약도 제대로 써 보지 못했었다.

네가 죽던 날은 유독 찬바람이 불고 눈이 내려 천지가 꽁꽁 얼어붙어 사람들이 움츠러들었었다. 휑하니 쓸쓸한 외딴집에는 돌보는 사람 하나 없었는데 그때 네 자매들도 홍역을 앓고 있어서 너에게 어미 된 도리를 다하지 못했구나. 구구절절 통탄스러워 아무리 후회한들 어찌 돌이킬 수 있겠느냐? 네가 죽은 지 한 달이 지나 한양에서 청혼서가 왔는데 미처 다 펴보지도 못하고 정신을 잃고 말았다.

아, 슬프다. 일찍 죽은 사람치고 누군들 여한이 없겠느냐만 너처럼 자라서 혼인을 앞두고 죽은 사람이 또 어디 있겠으며 부모라면 누군들 슬퍼하지 않으랴만 나처럼 슬퍼하고 후회할 사람이 또 어디 있겠느냐?

아, 슬프다. 이제 만사가 다 끝났구나. 세월이 흐르고 산 자와 죽은 자의 길이 달라서 두 달이 지난 윤 2월 을유일에 너를 내동산 동산동 언덕에 묻었다. 네가 남원 서봉방에서 태어나 자라다 죽어서 진안 마령 땅에 묻힐 줄을 어찌 네가 알았겠느냐? 아, 슬프다. 이 모두 운명이니 고이 잠들거라.

벌써 두 번째 쓰는 딸에 대한 조문이다. 셋째 딸에 이어 첫 딸까지 잃었으니 가슴이 미어진다. 더욱 기가 막힐 일은 딸이 죽고 얼마 지나지 않아 한양에서 사주단자가 온 것이다. 그것도 살 만한 집안에서 보내온 사주단자라, 꽃가마 태워 올라갈 시댁 집안에서 간청한 청혼이라 부모 마음을 갈기갈기 찢어놓았다. 이 사주단자는 사실 담락당이 지난번 연암 선생을 만난다며 마지막으로 한양을 올라갔을 때 벌여놓았던 일이었다.

"하늘도 무심하다. 이 무슨 얄궂은 운명인가?"

그런데 탈기를 하고 앉아 있는 집에 한 노파가 찾아왔다. 기껏 위로를 한답시고 찾아온 노파의 말은 더욱 기가 막히다. 한양 갈 때 말을 빌려준 생원집의 노파다.

"어디 영혼 결혼이라도 시킬 자리가 있으면 좋을 텐데…."

죽어 처녀귀신이 된다는 것도 볼썽사납다며 은근히 영매를 권하는 말이다. 마침 친정집 집안에 장가 못 간 총각이 있어 거길 다녀오는 길이라며 오는 길 내내 그 생각을 했다고 한다.

"총각 나이도 열여덟인데 이것도 우연이겠수?"

동갑내기가 혼인 하면 잘산다는 너스레까지 떤다. 아예 작정을 하고 온 사람처럼 삼의당을 붙잡고 설득을 하는 노파다. 삼의당이 말을 귓전으로 듣고 아예 상대도 하지 않으려 하자, 이번에는 담락당에게 찰싹 달라붙어 참 딱하단 듯이 이렇게 말한다.

"일생의례를 치르지 않으면 조상이 되지 못한다는 걸 알면서도 그냥 있을라우? 알 만한 양반들이…."

누가 시켜서 하는 말이 아니라면, 이런 촌로가 할 이야기가 아니다. 일생의례란 사람이 사람으로 태어나 일생 동안 치러야 할 몇 가지 의식을 말한다. 그중의 하나가 혼인식이다. 사람이 태어나 미혼으로 죽으면 정상적인 조상이 되지 못한다. 제삿밥을 얻어먹지 못한다는 이야기이다. 하여 영혼 결혼식을 치러 어른이 되게 하고 양자를 들여 제사를 지내게 하는 방식이 영혼 결혼의 목적이다. 망자가 꿈에 나타나 결혼을 시켜달라 현몽을 하는 경우도 있지만 양쪽 가정사를 잘 아는 주변 사람들이 안타까운 마음에서 권하는 경우도 있다. 지금 이 노파는 양쪽 집안의 사정을 잘 아는 경우로, 안타까운 마음이 생겨서 하는 말이라 한다.

"그 총각도 고을 원님 말구종을 잡던 애니 바보 멍청이는 아니오."

영리한 애였으니까 그 신분에 대해서는 걱정하지 말라는 말이다.

"그 총각 집이 장수요?"

담락당은 '바보 멍청이'의 '청'이라는 소리에 문득 성기의 아명이었던 '청'을 떠올리고는, 느닷없이 총각 집이 장수냐고 묻는다. 지난번 아버님 장사를 치르고 그 빚진 돈을 구하기 위해 경상도를 다녀오는 길에 장수에서 일박을 했는데 '타루비' 이야기를 들었다. 고을 원님이 말을 타고 아래로 급류가 흐르는 가파른 산길을 지나가는데 갑자기 날아오른 꿩 소리에 놀라 낙마를 하는 바람에 물에 빠져 죽는 불상사가 일어났다. 말구종을 잡던 총각이 나중에 그 책임이 자신에게로 돌아올까 봐 지레 겁을 먹고 강물에 뛰어들어 투신했는데 죽기 전에 바위에다가 그 사연을 그림으로 그려놓았다. 꿩이 날자 말이 놀라 뛰는 바람에 떨어져 사고가 났다. 그러니 원님이 죽은 게 자기 잘못이 아니었다는 이야기다. 이러저러한 사연이 안타까워 비석을 세운다 하였다. 그 비석을 타루비라 하였는데 그날 마침 거기를 지나며 얻어들은 이야기가 하도 신기해 소설까지 썼던 담락당이다.

"이것도 우연일 것인가?"

그 총각을 두고 사위 삼으라는 노파다.

담락당은 비통에서 깨어나지 못하는 삼의당에게 자초지종을 이야기한다. 이거야말로 삼 세 전에 이미 정해진 운명이 아닐 것인가…. 우주만물 세상 모든 것은 정해진 법칙대로 움직인다. 모든 생명체는 태어날 때 이미 죽는 날짜를 기다리게 돼 있다. 저절로 생기는 일은 하나도 없다. 누군가의 계획대로 이루어져 가는 것이 우주 질서다. 인간 역시 우주의 한 부분이라면 목숨 그 자체 또한 이 정해진 규칙을 벗어날 수 없을 일이다. 그렇다면 우연하게 보이는 이 젊은 처녀,

총각의 죽음 역시 인연의 연줄에 단단히 묶어져 있을 것임이 틀림없다.

"저들을 엮어주거나 풀어주어야 할 소임이 우리한테 있는 것이 아닐까?"

담락당은 이렇게 말했고 삼의당은,

"당신 뜻대로 하세요."

라는 짧은 말로 동의를 했다.

영혼 결혼식은 짚으로 두 사람의 형체를 만들어 혼인 의식을 치르거나 무당이 두 사람의 혼령을 불러 여러 사람이 보는 앞에서 가상 혼례를 치르는 방법이 있다. 또 무덤 앞에서 혼례를 치르게 한 다음 둘을 합장시키는 방법도 있다. 노파는 일단 양가 부모들이 만나 통혼을 한 다음 간단한 의식을 치르자 한다. 매파 역할은 노파가 무보수로 수고를 할 것이라 했다.

"내 집안 조카이니까."

노파는 기꺼이 그 일을 위해 재 너머 청천까지 한달음에 다녀오겠다 한다.

담락당은 이 일이 결코 우연이 아니라 생각한다. 연암 박지원이 자기 옆에 일어난 소소한 일상을 가지고 「열녀함양박씨전」이란 소설을 썼듯 이 일도 소설의 소재를 제공해주기 위해 일어난 사건이라는 생각이다. 그러면서 그는 「만복사 저포기」라는 명혼소설을 가르치던 남원의 서당 훈장을 떠올린다. 이 모든 연결고리가 우연이 아닌 필연적 관계인 것이다.

작가에게 있어 이 세상에 일어나는 모든 일은 작품의 소재가 된다. 작가가 작가인 것은 단지 이 점 때문이다. 소재를 소재로 알아보는 눈, 관찰력이다. 따라서 작가는 눈으로 글을 만든다. 보고 듣고 느끼는 게 글이 된다면 가장 먼저 눈으로 들어오는 과정이 글이 되는 수순이다. 보지 않고도 보는 것은 상상력의 몫이다. 실제로 본 것과 상상으로 본 것이 합해져서 글이 된다.

작가는 이 두 개의 관점을 가지고 세상을 바라본다. 따라서 작가의 눈은 예리하고도 정확해야 한다. 가족의 죽음을 두고서도 이 두 개의 눈으로 죽음을 들여다본다. 차라리 저주받은 이 두 눈을 빼버리고 싶다. 아마 칠칠이 최북이 자기 눈을 스스로 빼버린 것도 이러한 자괴감 때문이 아니었을까? 작가가 가진 천형이다. 그러나 이 두 눈이 세상을 밝히는 빛이 되는 눈이라면 그 저주도 홀로 감당해야 한다.

담락당은 듣고 보고 느낀 이야기를 소설로 만든다. 지금까지 쓴 소설은 다 태워버렸기에 이 작품은 남겨야 한다. 연암도 정치색이 없는 「열녀함양박씨전」만 남기고 안의에서 썼던 많은 소설들을 태워 없앴다 했다. 이제 불태우지 않아도 될 작품을 써야 한다. 호랑이가 죽어 가죽을 남기듯, 작가는 작품을 남겨야 한다.

전라도 장수 땅에 청천이 있다. 거기 강물이 휘감아 도는 담소가 있어 실 꾸러미를 다 풀어도 닿지 않는 심연에 이무기가 산다는 전설이 있다. 이 용담 위로 천길 벼랑을 가로지르는 소로가 나 있어 지나가는 우마가 자칫 아래로 떨어질 위험이 있다. 여기에 울타리를 설치해 위험을 방지해달라는 민원이 제기되었지만 고을 원님은 이를 수용하지 않았다.

하루는 이 원님이 이곳을 지나가는데 갑자기 꿩이 푸드득 날아오르는 바람에 놀라 뛰던 말이 그만 낭떠러지 아래로 떨어지고 말았다. 내려다보니 원님과 말은 벌써 용연의 소용돌이에 감겨 죽어가고 있었고 뛰어내려 구할 시간은 이미 지났다. 겁에 질린 통인은 그 책임이 자기한테 돌아올 줄 알고 죽음을 결심했다. 하지만 원님이 왜 죽었는지 그 사연 정도는 알리고 죽어야 남은 가족들이 억울한 일을 당하지 않을 거라는 생각에서 꿩이 나는 그림과 놀라 뛰는 말을 바위에 그려 놓음으로써 당시 상황을 기록해 놓았다. 이 일이 입에서 입으로 퍼지면서 주인을 잃은 슬픔에 겨워 따라 죽은 충직한 통인으로 전해지게 되었다. 후임으로 부임한 원님이 이를 기려 비를 세웠으니 비석 이름을 타루비(墮淚碑)라 짓고 해마다 그 날짜에 맞춰 제사를 올리도록 했다.

　그런데 이 이야기를 잘 생각해보면 모순덩어리다.

　첫째는 죽음의 원인이, 아무 잘못도 없는데 이에 대한 책임추궁이 두려워 자살을 결심하게 되었다는 것인데 이는 관료주의적인 권위가 사람의 목숨을 앗아 갔다는 해석을 가능하게 하지 않는가. 이러한 일이 비단 여기서뿐이겠는가? 소위 '네 죄를 네가 알렸다' 하는 식의 억압은 이곳뿐만이 아니라 관가 곳곳에서 일어나고 있는 횡포다. 통인의 죽음은 그 횡포에 겁먹은 데 지나지 않으니 이 일이 어찌 옳다고 보는가. 오히려 지탄받아야 할 관습이다.

　둘째는 그러한 민원이 제기되었는데도 묵살해버렸다면 그 책임은 오로지 고을을 다스리는 원님에게 있었을 것인즉, 이는 직무유기에 해당한다 할 것이다. 한 고을을 다스리기 위해 높은 녹봉을 받고 공무를 수행하는 자가 어찌 이같이 제멋대로일 것인가. 공직자로서 자질이 의심스럽다 할 것이다. 그런데 결국엔 자기 무능으로 자기가 죽는 꼴이 돼버렸으니 이는 자업자득이 아닐 수 없는 일로, 하늘의 이치를 바로 알게 하는 뜻도 있다. 그런데 그러한 책임과 업무수행의 능력에 대해서는 어찌 일언반구도 없는가.

　셋째로는 신임 사또의 태도이다. 이러저러한 원인

은 불문에 부치고 주인을 위해 희생한 종자의 충직함만을 칭송했다는 것은 사건의 전말을 호도하는 일로서, 비를 세우는 저의가 의심스럽다. 행여라도 일어날 앞으로의 일에 아랫것들은 무조건 주인을 위해 살신성인하라는 충성맹세의 해석으로도 풀이되기 때문이다. 이 점을 간과해서는 안 될 것이다.

그나저나 이야기의 핵심은 여기에 있는 것이 아니다. 이 총각과 내 딸을 혼인시키려는 일인데, 막상 이 일을 당하고 보매 저 옛날 남원 땅 서봉방 시절에 내게 명혼소설에 대해 가르쳐주던 훈장선생이 생각남은 어쩐 일인가? 훈장선생은 살아생전 결혼을 못하고 죽으면 처녀총각의 원혼을 달래기 위해 영혼 혼인을 시키는데 이 일을 소재로 삼은 소설이 명혼소설이라며 매월당 김시습의 「만복사 저포기」며 「이생규장전」, 저 중국의 기이한 소설책 『홍루몽』을 그 예로 들었는데 이제 내가 그러한 책의 주인공이 되었으니 묘한 기분이 든다. 더군다나 나의 소설 스승 연암 박지원의 아직 발표도 하지 않은 「열녀함양박씨전」의 초본을 읽어보고 온 터이고, 거기 주인공 역시 관아에 딸려 잔심부름 하던 통인이 주인공이라 그 아류작이라 할까 봐 싶어 첨부해두는 바이다.

이 이야기는 실제와 상상이 반반이라 할 것이다. 무

엇보다 중요한 문제는 소설을 쓰는 소설가 자신이 이야기 속 주인공의 일부가 되어버린다는 점인데 이 문제는 어디 가서 물어볼 것인가? 그렇다면 제목에다가 '~전'이라는 말을 붙여야 할 것인가 아니면 그냥 '타루비 이야기'라고 해도 될 것인가? 또 한 가지 궁금한 것은 소설은 실질적인 것이라기보다는 감흥과 위안을 주는 것이라는데 이 글이 과연 누구에게 어떤 위안을 줄 수 있을 것인가? 그 효용성에 관한 의문이다.

"이 글 한번 읽어봐 주구려. 이것도 소설이라 할 수 있을 것인지?"

그러나 결코 이 소설을 쓰는 목적이 낮은 자를 통해 높은 자를 치기 위함에 있지 않다는 담락당이다. 홍길동전이 그렇고 춘향전이 그렇고 심지어는 심청전까지도 가진 자와 가지지 못한 자의 대결 구도를 택하고 있는데 여기서까지 그러한 의도를 가지고 쓴 것은 아니란 담락당의 말에,

"작가님, 작가님, 우리 작가님….'

이라 놀려대는 삼의당이다.

"매정도 하시지, 아무리 작가라지만 딸의 죽음을 두고 어찌 그걸 소재로 글을 쓰시나요?"

글은 좋은데 이 상황에서 글이 나오느냐는 삼의당이다. 비정하다. 비정하지 못하면 소설을 쓸 수 없다. 작가는 그 얼굴

에 철판을 깔아야 한다. 애증에 휩쓸리면 작품을 쓸 수 없다는 이야기다. 객관적인 눈이 필요하다.

"매정도 하시지, 그대는 어찌 딸의 죽음을 두고 조문을 다 쓰셨나요?"

두 사람은 실성하지 않았으면 하지 못할 말들을 서로 주고받았다. 그러면서도 딸의 영혼 결혼을 치렀다. 그리고 그날 밤 내내 웃었다. 울다가도 웃었고 웃다가도 또 울었다. 왜 웃느냐고 물으면서도 웃었다. 드디어 실성을 한 것이었을까. 왜 사냐면 웃지요…, 이런 것이었을까. 그러다가도 간간히 글 이야기를 한다.

"이것도 태워버려야 할까?"

"아직 다 쓰지도 않은 글을 왜?"

문체반정에 걸릴 것이 겁나 태워버릴 글이라면 차라리 소설을 쓰지 말란 이야기를 하면서,

"이 판에 홀홀 털고 여행이나 떠나자…요."

하는 삼의당이다. 세상만사 다 잊을 수 있는 곳이 있다면 그곳으로 가고 싶다한다. 한 번도 아닌 두 번씩이나 자식 앞세워 보낸 어미로선 실성하지 않고서도 당연히 할 수 있는 소리다.

"만사 잊어버리고 세상 구경이나 한번 해요."

식솔들을 데리고 어딘가 멀리 여행이라도 떠나야겠다는 생각, 진즉부터 담락당이 먼저 하고 싶었던 말이다.

"여보, 우리 바다를 보러 갈까?"

"……."

"당신 바다 보고 싶어 했잖아…."

담락당은 어떻게 해서라도 탈진해 있는 삼의당의 기운을 북돋아 줄 계책을 마련해야 한다고 생각한다. 다행히 바다라는 말에 반응하는 삼의당이다. 아직 바다를 본 일이 없다. 하늘을 보면서 저게 바다와 같다는 말은 들었지만 상상이 안 가는 바다다.

"저 어린 것을 걸려서 어떻게 바다까지 가요?"

"아이 걷는 일은 걱정 말아요."

이미 그 생각 하고 애를 태울 손수레를 만들고 있다는 담락당이다. 가마에도 교꾼들이 어깨에 메고 다니는 가마가 있고 밑에 바퀴를 달아 끌고 가는 수레 가마가 있다. 전쟁터에서도 무거운 포를 싣고 가는 바퀴 달린 포차가 있고 물품을 실어 나를 수 있는 손수레가 있다. 그런 것처럼 아이를 태울 수 있는 작은 손수레를 만들어 거기 청이를 싣고 여행에 필요한 물건들도 실으면 된다는 것이다.

"여기가 섬진강 상류 아니요? 강물의 끝까지 내려가서 바다를 보는 거요."

강을 따라 바다로 간다. 그러자면 우리 처음 만나 첫째를 만들었던 남원의 요천도 지나게 되고 우리 전생 전설을 만들었던 산동마을 용연도 지나게 된다는 이야기를 하는 담락당이다.

강물이 흘러 바다로 흘러들듯 인생도 흘러 흘러서 저 바다 끝 하늘에 이른다. 그렇게 하여 별이 된다. 지상에는 하늘의 별처럼 무수한 사람들이 있다. 그러나 별 하나에 한 사람씩 그 주인이 있다, 누구나 자기 별을 가지고 있고 그 별을 바라보는 기쁨이 있다. 그러나 대부분 사람들은 그러한 별을 잊고 산다. 별은 바라보는 자들만 바라다보이는 별이다. 별 볼 일 없는 사람들에겐 별이 보이지 않는다. 별 하나에 나 하나다.

"별을 봐라. 별 볼 일 없는 사람이 되어선 안 된다."

아이들에게도 별 이야기를 하는 담락당이다. 가히 꿈꾸는 자가 아니면 할 수 없는 이야기들이다.

"너희들에겐 누나고 언니인 별, 엄마 아빠에겐 두 딸인 별이 저 하늘에 떠 있는 거야. 별을 가슴에 품고 사는 사람들은 결코 외롭지 않아."

그 별들이 더 잘 보이는 바다를 향해 머나먼 여행을 준비하는 이들을 멀리서 바라보며 빤작이는 별들이 있다. 마치 저 별들도 인간의 이야기를 듣고 있는 것처럼 눈을 빤작거리며 마주 바라보는 눈을 바라본다. 서로 바라보는 눈이 된다는 것은 서로가 엮여 있다는 것이다.

"저기 누나 별이 보이지?"

"응, 누나 별…."

이제 겨우 말을 하기 시작한 아들 성기(成基)에게,

"어른들의 이야기는 이제 여기가 끝이야. 이제 남은 이야기들을 완성해나갈 사람들은 너희들인 게야."

하고 나직이 두 아이들을 타이르는 담락당이다.

세상 모든 것은 물 흐르듯 흘러간다. 나무가 꽃을 피우고 열매를 맺어 씨앗을 퍼뜨려 숲을 이루듯 한 생애를 세세토록 전할 수 있는 것은 오로지 그 후손의 역할이다. 완당(阮堂) 선생이 그랬다던가. 내게 '주어진 복을 다 쓰지 말고 남겨 후세에도 전해줄 일'이다. 지금까지는 그 복을 위해 살아왔지만 이젠 그 일을 접고 아이들이나 기를 일인 것이다. 말은 나면 제주도로 보내고 사람은 나면 여행을 시키라던 말을 떠올리며 힘차게 손수레를 미는 담락당과 삼의당 김 씨이다.

작가의 말

나는 이 소설을 자서전 쓰듯 써 내려갔다.

작가는 작중에서 이들을 꿈꾸는 사람들이라 불렀다. 현실 감각이라고는 하나도 없는 자유로운 영혼들이었다는 이야기이다. 결국 이들은 현실의 질곡을 버티지 못하고 바다를 향해 길 떠나는 것으로 그 대미를 장식한다. 이야기를 더 이으려 해도 이어나갈 스토리가 없다. 그게 이 소설의 의도이다. 다만 종장에서 저들의 아들인 성기가 부모 묘소를 잘 쓴 것으로 구성해 이들이 바다에서 돌아온 다음 인생이 성공적으로 끝났을 것임을 상상할 수 있도록 장치를 마련했지만, 출간을 앞두고 초장과 종장은 빼버렸다.

부제로 '삼의당·담락당의 운명적 만남'이라 이름 붙이기는 했지만, 저들의 행적이 아니라 자유로운 영혼의 소유자인 작가를 부각시키는 데 주안점을 두고 개작—초고는 남원의 문화 콘텐츠로 시작—했다. 여기 이 주인공들은 실존 인물로, 시대를 뛰어넘는 사랑을 함으로써 남녀평등을 실천했고 순수학문을 탐구해 이상적인 삶을 추구했다. 발은 땅에 딛고서도 머리는 하늘 높이 두고 사는 '꿈꾸는 사람들', 그것도 혼자가 아닌 부부가 똑같이 꿈을 먹고 살던 작가들….

그런데 솔직히 말해 2백 년도 더 지난 이런 이야기가 21세기를 살아가는 오늘날 우리에게 무슨 소용일 것인가? 저들이 남긴 작품이 아무리 많다 해도, 또 아무리 훌륭하다 해도, 우주선이 오가는 4차 산업의 시대, 로봇이 인간을 대신하는 이 미래과학 시대에 농경사회의 틀도 채 벗어나지 못한 한낱 역사물이 과연 무엇에 필요할 것인가?

그러나 그 해답은 '필요하다'이다. 그럴수록 인문학이 필요하기 때문이다. 인간은 물질로만 사는 것이 아니다. 눈에 보이는 것만이 다가 아니다. 우리가 아는 자연과학이 전부가 아니라는 이야기다. 이 세상에는 우리가 모르는 신비로운 것들이 얼마든지 있다. 이 작품의 내용이 바로 그런 것들이다.

인간은 너무 오묘하게 만들어졌기 때문에 들어가면 들어갈수록 놀라운 세상이 보인다. 자연과학이 밝혀내지 못하는 우주 자연 속의 비밀을 찾아 나서는 보물찾기, 숨긴 자는 창조주이고 찾는 자는 제2의 창조주인 작가다. 이를 보고 즐기는 자는 아마도 꿈꾸는 독자의 몫이 될 것이다.

이 작품은 이런 △퍼즐을 꿈꾸는 사람들에게 바치는 소설이다.

2021년 가을
풀과나무의집에서 孤柳翁 씀